U0055040

地獄鼠

俱樂部

金絲眼鏡　著

即便是謊言，人們依然相信血濃於水

主要人物介紹

樹爾溫・哈雷（Sherwin Halley）：
前職籃選手，現為大學室友戴爾的男友兼管家

戴爾・道蘭・霍特伍德（Daire Dolan Hautewood）：
樹爾溫的大學室友，道蘭—霍特伍德企業董事長，業餘驅魔師

迪亞哥・維加（Diago Vega）：
綽號蘇洛（Zorro），前黑幫成員，曾任戴爾的司機，現為警方線民

詹姆士・金（James Kim）：
綽號宅詹（Nerd Jam），特殊部門探員

愛琳・歐哈拉（Elyn O'Hara）：
專欄作家，與蘇洛交往中

珍妮佛・「珍妮」・特伯雷（Jennifer "Jenny" Tremblay）：
電視台主播，戴爾的表妹，樹爾溫的前妻

亨利・洛文（Henry Lowen）：
與樹爾溫和戴爾相識多年的警官，目前與一對兒女凱斯和凱特（Keith and Kate）同住

安東尼・戴維森（Anthony Davison）：

探照燈石油公司小開，珍妮的未婚夫

路易・拉森（Louis Larson）：

消防員，愛琳的前男友，九一一事件殉職後被特殊部門吸收成為探員

林瑪莉（Mary Lin）、吳亨利（Henry Wu）：

特殊部門探員

艾倫・圖西（Allen Touche）：

特殊部門祕書，在警局工作時是洛文警官的搭檔

阿爾弗雷德・希金斯（Alfred Higgins）：

霍特伍德莊園的管家鬼魂

史丹利・巴特勒（Stanley Butler）：

林蔭天竺鼠俱樂部會長

賽勒斯・巴特勒（Cyrus Butler）：

史丹利的姪子，古物收藏家

暗影（Sombra）：

來自巴西的驅魔師

CONTENTS

主要人物介紹 005
第一章 路燈之下 009
第二章 雜牌軍 021
第三章 庫伊 033
第四章 家中之家 063
第五章 毛線球 087
第六章 群魔聚首 105
第七章 暗夜驕陽 128
第八章 大難臨頭 154
第九章 破碎與團圓 177
第十章 告別 202
前傳 普瓦斯基 227

第一章　路燈之下

（探照燈石油公司，洛杉磯，二〇〇三年十二月）

「別擔心，老鮑，我兩點就回來。」安東尼．戴維森走出大廳時對祕書交代道。「只是場約會。」

「約會？」老鮑的思緒逐漸往午餐飄去。

「是的，特伯雷家的小姐……榭爾溫．哈雷的前妻。」戴維森相當後悔說出那名字，他壓根不想記得那件事。

「了解。我會把文件放桌上，你先去約會吧。」老鮑瞥見街角有道黑影快速滑了過來。一台失速的轎車。

安東尼．戴維森飛了起來。

公事包砸中倒楣的觀光客，一隻皮鞋朝路邊書報攤飛去。在他墜落地面前，一台計程車從對向車道直衝而來發出尖銳剎車聲將他再次撞飛。

書報攤前的顧客爆出淒厲尖叫，因為他不幸被打翻的拿鐵燙到了。

這一切實在太像布萊德・彼特飾演死神的電影[1]，但不包括被拿鐵燙到的路人、慘遭公事包砸頭的觀光客，以及躺在地上的石油公司小開安東尼・戴維森閃過一道紅光並快速闔上的雙眼。

（霍特伍德莊園，紐約，半年後）

我推著餐車朝大宅主臥室前進，沿途不忘對幽靈鴨鬼吼一陣，那傢伙又想跑進浴室裡游泳了。

喔嗨，各位，好久不見，我是榭爾溫・哈雷，外號明尼蘇達壞男孩的前職籃選手，曾為尼克隊打了幾年後衛，他們現在大概想把我給忘了。在愛貓社區的風波後我成為大學室友戴爾・道蘭・霍特伍德的新任管家，也終於誠實面對自己的情感，雖然他死去的父母、管家和寵物貓難以接受，但基於對戴爾的愛，他們目前還沒把我趕出去。

推開大門後，戴爾已經坐在床上看書，他抬起頭對我露出微笑。

「竟然比平常早起，看來你真的會認床耶。」我把餐車推到床邊。

「我還是比較喜歡東翼的房間。」戴爾放下書本。「況且我父母偶爾會回來這裡，對我們來說是種干擾。」

「我能理解……」我想起昨天做愛做一半時發現霍特伍德夫婦和阿福躲在吊燈上偷看的畫

1 布萊德・彼特曾在《第六感生死緣》（*Meet Joe Black*, 1998）飾演死神，在男主角遭遇車禍後佔據其身體於人間活動。

面，那真是有夠恐怖。「所以還是搬回東翼比較好囉，老爺？」我刻意用了那個字眼。

「當然，親愛的榭爾溫。」戴爾拉住我的領帶，用鼻尖輕蹭我的臉頰一陣才將我放開。「還有別這樣叫我。」

「一時好玩。」

「對了，早餐呢？」他指著餐車發問。「如果裡面又是滿福堡我真的會把你開除，我們已經吃了半年的外送早餐，這樣下去恐怕要提早做健康檢查。」

「相信我，這次非常不同。」我掀開銀質蓋子，端出一盤灑滿五顏六色蔬菜的蛋捲和一杯咖啡。「阿福教我的，還說我很有慧根。」

「包括那句『生日快樂』嗎？」他看著用番茄醬擠出的字樣不禁笑了出來。

「是的，雖然有點醜。」

「我很喜歡。」他開心地笑著，我湊向前摟住他。

「生日快樂，戴爾。」

「你也是，榭爾溫。」

對情侶來說，同天生日有許多好處。

「珍妮剛才打了通電話過來。」我再次回到床上和戴爾享用早餐。「她說安東尼醒了。」

「醒了？」戴爾面無表情地喝著咖啡，看來他還是對那傢伙沒好感。

「是啊，被兩台車撞飛差點掛掉，簡直奇蹟。」珍妮的未婚夫安東尼・戴維森是她的青梅竹馬，從小就被雙親湊成一對，不過就在大學時被我捷足先登了，我想他們現在會對我的處境感到幸災樂禍吧。

「看來探照燈公司會經歷一場腥風血雨。」

「你們權貴向來都是這樣。」我聳肩回應。

「可不是?但那傢伙的人生現在變得比我還戲劇化了。」

「從重度昏迷奇蹟甦醒的公子哥對上靈異版蝙蝠俠?我投公子哥一票。」

「不過……珍妮真的下定決心了?還有你,你會怎麼想?」戴爾翹起眉毛看著我。

「那是……她的自由。」我試著將那段婚姻鎖進記憶深處,那可說是我和珍妮基於逃避而做出的選擇。「我們相信自己深愛彼此,直到我們再也無法相信自己。」

「她警告過我猶豫不決的可能後果。」他看著牆上的油畫說道,上面畫了被獵犬簇擁著正在騎馬獵狐的老霍特伍德(真諷刺,我們的祖先為了對付滿身流油的貴族而戰,但有錢人卻希望能成為貴族),據說就是這位翹鬍子仁兄從印地安人手中得到霍特伍德莊園這片土地。

「你也曾警告我『幫助』珍妮逃避婚約的危險,我們都沖昏了頭。」事實上戴爾當時也拚命湊合我們,就連他也相信自己能澈底埋葬對我的情感。

我們都是傻子,而且是最自私的傻子,我幾乎要為安東尼感到同情。

「但願一切能好轉。」他愛撫我的臉頰一陣,接著便跨坐到我身上。「只有一小時,等會兒我就要去公司了。」

「那三個老人家呢?」我厚顏無恥地笑著,雖然我能感覺他們現在根本不在大宅裡。

「在溫室幽會。」他抿起下唇,眼神透露著期待。「一個小時。」

「一個小時。」也許晚點我會想出慶祝29歲生日的更好方法。

「而且我們晚上還有工作要做。」

唉，看來今天是沒空了。

（布魯克林，紐約）

蘇洛正在公寓裡愉快地邊吹口哨邊吸地板，浴室傳出愛琳・歐哈拉的歌聲，她的寵物貓莎夏趴在窗邊虐待一隻快要爛掉的絨布娃娃。收音機大聲放著饒舌歌讓公寓裡彷彿人聲鼎沸，然而蘇洛卻不時感到背脊有涼意傳來。

是那股在長島感受過的氣息，而且更加強烈。

「出來吧，我知道你在這。」蘇洛緊抓脖子上的護身符低語。

「好久不見，迪亞哥。」路易・拉森從空中浮了出來，一臉興味盎然地看著他。

「媽的別隨便亂叫我名字。」他把吸塵器扔到一旁。「大英雄還沒上天堂喔？」

「有事情絆住我。」

「別跟我說你還忘不了女友。」

「我無權干涉愛琳的選擇，除非對方想傷害她。」路易撥了撥半透明的黑色頭髮說道。「我是來和你談新工作的。」

「我不需要新工作。」

「不是我在恭維，但國家真的需要你。」

「政府需要罪犯幹嘛？況且我已經是洛文的線民了。」蘇洛白他一眼，正在猶豫要不要和他大談種族問題與自己那堆前科，但再聊下去的話愛琳恐怕就要洗好澡了。

「特殊部門，你已經與他們打過照面了對吧？」路易・拉森猛然飄到他面前露出滿臉鮮血讓他差點尖叫。

「我他媽當然知道那群怪胎！但你和他們又是什麼關係？」他聽見門把扭動的聲音，緊張地吞了口口水。

「我現在是那裡的探員。」路易豎起食指要他安靜，幾秒後消失在空氣中。「我們需要你，蘇洛。」

「你剛才在講電話嗎？」愛琳好奇地看著滿臉汗水的男友。

「對……洛文警官真的很煩。」蘇洛暗自咒罵自己該死的說謊能力。

我在勞斯萊斯上看著報紙發呆，百般無聊地等待道蘭—霍特伍德企業那位年輕董事長踏出大樓。

街角路燈下站了個手舉「末日以至」立牌的流浪漢，這傢伙是幾天前才出現的，八成又是從華爾街被趕出來的失業可憐蟲。

那流浪漢正在瞪我，這鐵定不是好現象，還好戴爾已經走出大廳了。

「你的晚餐。」我把紙袋遞給他。

「又是漢堡？」戴爾打開紙袋嗅聞。

「墨西哥捲餅，餡料的確是漢堡肉。」

「你的廚藝確實需要精進。」他咬了一口便皺起眉頭。「和其他方面相比根本不及格。」

「其他方面？」

「別想歪了樹爾溫。」

「你似乎有點焦躁。」我趁著紅燈時抹掉他嘴唇上的醬料。

「只是最近比較忙而已，別擔心。」他輕拍我的手背。「載我們去目的地吧，這次的工作有點棘手。」

「呃……該不會又是怪物吧？」我和戴爾在愛貓社區的事件結束後處理了幾起騷靈與附身事件，但我可不想再碰到抹滅者之類的恐怖東西。

「不，只是數量有點龐大的靈體，而且阿福提醒我記得跟你機會教育一下，那些靈體其實是有種類的。」

「真假？那堆鬼還有分類？」

「除了人形鬼魂外，遺忘自己身分的靈體基本上有兩種。」他放下晚餐說道。「我們去年在飯店裡碰到的那幾隻黏液幽靈是『慾者』（luster），生前有大量慾望沒得到滿足的人在死後容易變成這種東西。」

「他們長得像果凍又愛偷吃東西？」

「他們的確喜歡偷吃東西以及成為騷靈現象的主因，但少數會變成半夜騷擾人的色鬼，我們今晚可能會碰到一些。」

「嗯！」

「另一種你還沒碰過，叫『嚙者』（biter）。生前如果有仇未報但又無法維持人形的靈體會變成嚙者這種有攻擊性的鬼魂，形狀……有點可愛，但行為一點都不可愛。」

「有點可愛？」我男友的審美觀還真神祕。

「有點像發條娃娃但會咬人，跟慾者比起來較不常見，因為執念強烈的死者多半會變成比較難搞的人形鬼魂，像我父母和阿福。不過根據我得到的情報，這次的鬧鬼地點有好幾隻嚙者。」

「但願我的褲子夠厚。」

「對了，你有把小土球帶來嗎？」戴爾想起什麼似地看我一眼。

「在背包裡。」那顆用戴爾祖先墓土燒製的小球現在變成我的專屬道具，能讓隱身的靈體顯現甚至控制他們的行動，不過自從我能看見幽靈後，那顆球基本上都被我用來癱瘓對手。在之前的風波裡我不知為何能用自己的血擊敗那兩隻可怕的抹滅者，但從過去經驗與戴爾的觀察來看，我的情緒彷彿主掌我的通靈力量，尤其是陷入危險時。

「很好，希望今晚能快速解決。」他露出滿意的微笑，我終於放心地嘆了口氣。「聽完解說後會害怕嗎，榭爾溫？」

「不，只怕會扯你後腿。」我實在擔心身為菜鳥驅魔師的自己會害我們陷入險境，我可不想重演去年在長島的那堆慘劇。

「你越來越厲害了，好幾次都是你救了我不是嗎？」他湊向我，濕熱空氣在耳殼燃燒著。

「我……只是把以前打籃球的功夫拿來用而已。」我感到褲襠有點緊繃。

勞斯萊斯最後停在達柯塔公寓[2]附近，這裡的確是鬧鬼的好地方，真希望能巧遇約翰・藍儂。

踏出車門時，一坨發亮的不明物體朝我們直衝而來。

「嗡者！」戴爾衝到我面前，武器已經上膛。

「什麼？」我慘叫著抓住他的肩膀，眼前只見一張鴨子般的大嘴但充滿利齒，隨即被戴爾手中的武器打飛。

看來宅詹新開發的除靈槍非常好用，比鼠尾草束快速多了。

「看來鬼魂已經離開原本盤據的地方。」戴爾示意我準備小土球。

「我相信牛仔褲擋不住他們的牙齒！」

更多嗡者和慾者從達柯塔公寓竄出，有隻身上還掛了件胸罩，真下流。

「集中精神，榭爾溫，把球往他們身上扔。」戴爾舉槍對準尖聲怪叫的幽靈。

「好！」我瞄準鬼魂最集中的區域把小土球拋出去，但有道人影卻突然從角落衝出把土球打飛。所有幽靈改變方向往那道人影圍攻，隨即都像被烈焰燒灼般迸出火花化為灰燼。

兩個巡邏中的警察跑了過來，灰燼上站著的正是那位舉立牌的流浪漢。他伸手一揮，兩個警察便像沒看過剛才的場景般掉頭走回馬路上。

2 達柯塔公寓（The Dakota）是位於紐約的高級公寓，披頭四成員約翰・藍儂是其住戶之一並在公寓大門遭到槍殺。

「你是誰？」我鼓起勇氣走向流浪漢。他身穿卡其色風衣，頭髮像團黑色雜草不羈地生長。

「準備不足就想逞英雄？」流浪漢狠瞪我們一眼。「就算不是人也不需如此掉以輕心。」

「這是什麼意思？」戴爾瞇起眼問道。

「世間無絕對的善與惡，就連鬼神也有權選邊站。」流浪漢舉起手，戴爾突然摀住臉發出痛苦的呻吟，我看見他的雙眼再次閃爍微弱的紅光。

「你在對他做什麼？」我舉槍對準流浪漢。

「惡神已降臨人世，你們這些不是人的東西會如何抉擇？善？還是惡？」他無視我的質問走向我。

「別過來！我會開槍！」我對他大吼，但戴爾卻擋在我們中間。「戴爾！」

「感謝您出手相助，雖然手法有點暴力。」戴爾禮貌地對流浪漢說，我看見汗水從淺金色眉毛流下。

「無須對蛆蟲憐憫。」流浪漢從口袋挖出帽子戴回頭上。「我的名字是暗影，你們這些業餘人士最好記住我的名字。」他閃進一旁的暗巷消失無蹤。

「看來我們欠他一筆驅魔費用……也許能讓他好好洗個澡。」我搖頭說道，那傢伙聞起來有夠恐怖。

「達柯塔公寓的住戶跑出來了，總得給他們點交代。」戴爾把頭靠在我的肩膀上喘息。

「你沒事吧？」我連忙把他拖進車子檢查他的情況。

「他想測試我的能耐，阿福也曾對我做過，不太舒服就是了。」他抬頭親吻我，我發現他咬傷了自己正在滲血。

「你需要擦藥，那傢伙實在太過分了。」

「嗯，看來我們遇上了對手，紐約沒多少驅魔師擁有這麼強的力量。」他露出苦笑。

那個自稱暗影的流浪漢到底是誰？疑問與恐懼佔據我的思緒，直到看見地上掉落一條項鍊時才被打斷。這東西似乎是從那個流浪漢身上掉下來的，我連忙放開戴爾將它撿起，他用眼神示意我對街的方向，那傢伙似乎還在暗處窺伺著，他的存在讓我感到焦慮，彷彿有人隨時在背後舉著刀。

「似乎是故意留下的。」戴爾的聲音在我腦海響起。

「顯然。」我不安地望著街角。

蘇洛躺在沙發上轉著遙控器一邊用腳和莎夏打鬧，愛琳已經搭上飛機前往德國參加研討會，之後幾個禮拜他只有莎夏陪伴。

「看來她很信任你，平常愛琳出國時莎夏都住在她養父家。」路易・拉森從窗邊冒出上半身。

「你怎麼又來了！」蘇洛差點把啤酒罐往窗外砸。「莎夏為何沒對你嘶嘶叫？」

「拜託，牠見過我啊，我可是牠主人的男友耶！」路易飄到沙發上坐下。

「嗝屁的前男友。」蘇洛提醒他。

「決定如何？我已經給你半天考慮了。」

「死都不要，你自己去跟那堆怪胎相親相愛。」

「那我就要使出死纏爛打的絕招囉。」路易拿起啤酒罐對蘇洛傻笑。

「你已經能拿東西了？」蘇洛瞪大眼睛。

「感謝特殊部門的魔鬼訓練。」路易讓啤酒罐飄了起來。

「真是可喜可賀，你終於變頑皮鬼了。」

「光讓啤酒罐飄起來就付出不少代價，差點被那個鬼部門操死。」路易望著漂浮的鋁罐說道。

「本來可以毫無遺憾地離開，但他們就這樣找上了我。」

「會覺得不甘願嗎？再次成為國家的螺絲釘。」

「還好，只是從消防員轉職特務有點適應不良，裡頭怪物太多。」

「怪物？我希望那只是比喻。」蘇洛光想起抹滅者的刀狀手臂就覺得噁心。

「不是比喻，這世界比我們想像中更深不可測，不妨看看窗外吧。」路易指指窗戶，莎夏已經全身炸毛對著外頭嘶吼。

一條綠色的東方龍。

牠伸出利爪罩住莎夏，巨大鬃毛尾巴竄進窗戶將蘇洛整個人捲了起來。

他甚至來不及尖叫。

第二章　雜牌軍

「他真的失蹤了！」愛琳‧歐哈拉的聲音從話手機另一頭傳來，彷彿已經哭了好幾小時。

「妳確定蘇洛不是又去幫洛文辦事嗎？」我正在猶豫要不要打給洛文。

「不，我剛才向洛文確認過了，他也找不到蘇洛！」

「居然連洛文那兒都沒消息？這真糟糕。」

「妳是幾天前發現的？」戴爾湊了過來。我們停在哈林區的一棟破公寓旁，那個自稱暗影的流浪漢現在正待在裡面，他竟然搶先一步衝進去為一個瘋老頭驅魔然後把我們給轟出來。難不成他在我們身上裝了追蹤器之類的東西嗎？他到底是何方神聖啊？

「霍特伍德先生？」愛琳抽抽噎噎地問道。

「是的，我在這裡。」戴爾接過我的手機把它調成免持聽筒模式，順便用眼神示意我幾個正在接近勞斯萊斯的小混混，看來我們得換台低調點的車子出門。「妳是幾天前聯絡不上蘇洛？」

「前天，他每天都會打給我，就連幫洛文辦事時也是，但這次連他的號碼都打不通！」

「或許還有一個管道能找到他，但請給我們幾小時。」

「謝謝你！我很擔心蘇洛是不是遇上了危險！」

「我們會找到他！」我對她大喊。

掛上電話後，戴爾對我皺了皺眉頭。

「小混混？」我指著車窗外正在打量我們的幾個小鬼。

「嗯。」戴爾把手機塞回我的口袋。「把車開到公寓後頭。」

「蘇洛的事情怎麼辦？」我感到一陣焦慮，天知道蘇洛又惹上什麼麻煩。

「如果連警方那裡都沒有消息，或許問問女爵會找到線索，畢竟她曾是蘇洛的老闆，搞不好是她把蘇洛帶走了。」

「呃……又是黑幫。」我想起那個一身黑的狡猾老太婆。

「沒辦法，我甚至懷疑女爵也能查出暗影的真實身分。」

「拜託不要，我不想和他們再有任何關係。」身為被黑幫陷害而失業的倒楣人，我可不想再蹚一次渾水。

「如果連警方也沒消息，恐怕也只能寄望她了。」

「唉，好吧。」我多希望蘇洛不見蹤影只是溜回紐奧良探望祖母而已。這傢伙出生在一個比較……嗯，特別的家庭。根據他的說法，他母親是脫衣女郎，在外祖母經營的酒館裡工作，父親則在他三歲時就失蹤了，就是那種出門買包菸順便拋妻棄子的經典劇碼。蘇洛小時候和不知兒子去向的祖母同住，十一歲時逃家，幸運地在紐約街頭活下來並被義大利裔的黑幫女爵收為養子，直到一九九二年的某天，他因為交貨來到劍橋順便打劫正在逛街的我和戴爾才結束他的黑街事業。

但願他一切安好。

「介意我抽菸嗎？」戴爾掏出那包該死的涼菸。

「不介意，我也需要。」我瞪著路邊消防栓發楞，幾分鐘後也把他的菸拿來吸了幾口。

「我很擔心他。」戴爾露出不安的神情。

「他是我們的朋友，我可不希望結局變成一具冰冷的屍體。」

「雖然我也不希望他發生這種事，但他的人生……很可能會導向這結果。」

「他會沒事的，戴爾……」我瞥見暗影從公寓後門走了出來。「那傢伙！」我指著暗影大叫。身穿骯髒卡其色風衣的流浪漢像陣風一樣出現在車窗外，他的聲音穿透玻璃彷彿利刃刺進我的腦中。

「少管閒事！不是人的東西！」他狠瞪一眼便快步走開。

「該死！那傢伙的聲音！你有聽到嗎？」我對戴爾大喊。

「快追上去！」

我急忙握住方向盤跟在暗影後頭，他無視我們的跟蹤繼續前進，直到卡其色身影消失在街角。我洩氣地捶了方向盤一拳，戴爾瞇起眼盯著黑暗的小巷。我感覺他的怒火正在燃起，冰藍色雙眼再次不自然地轉為更深的藍色，但他眼中那道瞬間即逝的紅色光芒是怎麼回事？難不成戴爾真的是女巫後裔？

「你還好吧？」我拿起擱置一旁的涼菸在他唇邊蹭著。

「我們必須查出暗影的真面目。」他含住菸回應我。

「當然，他真的有夠礙事而且完全無法溝通！」我踩下油門準備打道回府，不過這時卻有個抱著紙箱的屁孩從路旁竄出來。「看路好不好！沒長眼啊！」我差點搖下車窗對他大罵。

「等等，榭爾溫，那是洛文警官的兒子嗎？」戴爾猛然抓住我的手臂。

「呃？糟糕，好像是耶……」我驚訝地看著那個已經跑遠的黑頭髮小鬼。「他來這裡幹嘛？我記得洛文不住哈林區啊。」

「青少年。」

「天曉得，希望他爸不要抓狂。」

（兩小時前）

戴爾走出公司等待他的新任管家，隨即被尚未修好的大門門把劃出一道傷口，他痛得瞇起眼縮起手指。

「沒事吧？」一臉慌張的工人跑了過來，所有人驚訝地注視他彷彿這傢伙剛才謀殺道蘭─霍特伍德企業的董事長，只差保全人員沒立即拔槍宰掉他。

「小傷口而已，快修好大門吧。」戴爾把受傷的左手藏進大衣口袋，眼角餘光注意到那個自稱暗影的流浪漢正盯著他。這傢伙自從插手達柯塔公寓的事情後便時常在公司樓下探頭探腦，但保全人員像是被施咒般從不注意他，這實在有點惱人，更討厭的是暗影在白天都裝作不認識他和謝爾溫一樣。

「決定選哪邊站？不是人的東西。」暗影的聲音竄入他的腦海。

「為何這麼說？」顯然暗影和喵喵一樣會心靈感應，戴爾只好皺眉回應對方。

「你的手指剛被門把刮傷。」暗影充滿不屑的聲音繼續在他腦中迴盪。

「是的，我應該要訓一訓那粗心的傢伙。」戴爾舉起手指查看，赫然發現左手只剩一抹濕潤的血跡，傷口已消失無蹤。

「淫夢魔（Incubus）。」暗影丟下這個字便快步離開。

「戴爾！」榭爾溫的大頭從勞斯萊斯探了出來。「那傢伙在對你幹嘛？」

「又在瘋言瘋語罷了，他真的很詭異。」戴爾連忙將左手再次塞進口袋把血漬抹掉。他壓下恐懼回想身體產生變化的所有可能，甚至曾一氣之下用拆信刀劃開手腕然後滿臉驚恐地看著傷口闔上，但無論怎麼想都沒有一件事能與傷口快速復原搭上邊，除了……老園角燈塔的那場意外？他和榭爾溫被槍擊後，榭爾溫的血滴進祭壇裡變出一張恐怖大臉，難不成這就是榭爾溫向那張大臉發誓救回他的代價？到底是誰被賣給魔鬼？

（特殊部門總部，內華達州）

「你們正在侵犯我的人身自由！」蘇洛對面前一位西裝筆挺的老頭怒吼，幾天前被龍尾打傷的左腳正隱隱作痛。

「冷靜點，維加先生，我們只是在對你進行調查。」特殊部門祕書艾倫・圖西摘下眼鏡擦拭著。

「你們根本就強迫中獎！」

「別那麼性急，蘇洛，你連試用期都還沒通過。」宅詹的聲音從門外傳來。

「噢幹該死！」蘇洛驚訝地看著他走進辦公室。

「圖西先生，您可以放心把他交給我。」宅詹滿臉笑容向西裝筆挺的老頭行禮，接著便把蘇洛手上的手銬解開然後閃過一記右勾拳。

「別搞砸一切，詹姆士。」艾倫・圖西踏出辦公室前瞟了他一眼。

「我還是不喜歡他這樣叫我。」宅詹對蘇洛聳肩。

「我才不管他怎麼叫你！」蘇洛實在很想痛扁眼前的宅宅一頓。

「安份點，你的腳還被銬在椅子上。」

「貓呢？還有那隻他媽的龍和路易・拉森的鬼魂是怎麼回事？」

「我只有一張嘴，蘇洛，你要我怎麼一次回答這堆問題？」宅詹拿出一管鎮定劑。「別逼我這樣對老朋友。」

「老你媽啦！」

「打下去不就解了？」滿頭白髮的吳亨利不屑地倚在門邊。「欸，阿宅，直接給他打下去啦。」

「我不會這麼做。」宅詹瞪他一眼。

「然後繼續把我晾在這嗎？」蘇洛不滿地大叫。

「你的確需要冷靜一下，如果你保證不會亂來，我就放開你然後回答你那堆問題。」宅詹把鎮定劑塞回口袋。

「好啦我照做就是了！又不是第一次被威脅……」蘇洛舉起雙手抱怨著。

「我需要向你好好道歉，但上頭認為時機已到，而你……就是必須接受徵招的人選。」宅詹把手銬扔到一旁。

「我聽哈雷說你曾試圖招募他和老爺。」蘇洛起身後緊張地盯著四周。

「他們兩個對上頭來說有點棘手，通常從罪犯下手比較不易引人注意。」

「政府需要我這種人才？真有趣，你們該不會也都是罪犯？難不成我們要組個自殺突擊隊（Suicide Squad）[3]？」

「真不知道誰比較愛看漫畫。」宅詹揮手示意他走出辦公室。「歡迎蒞臨特殊部門總部，這裡是內華達州，距離著名的51區[4]不遠。」

「我現在最不需要的就是觀光指南。」蘇洛暗自哀號著自己竟被抓到鳥不生蛋的沙漠，愛琳要是知道鐵定會嚇死。「還有我的貓呢？」他看著充滿冰冷銀灰色的四周不禁感到腸胃一陣翻攪。

「莎夏在林瑪莉那裡，你已經見過她了。」

「那條綠色的龍？唉，我想起來了，希望她別吃了莎夏。」他想起去年在老園角燈塔的那場

3 DC漫畫《自殺突擊隊》最早於一九五九年登場，一九八七年刊登新版成為現代讀者熟悉的設定。

4 51區（Area 51）是位於美國內華達州的空軍基地，在大眾文化中被認為和外星人研究和各種機密軍武試驗有關，例如一九九六年與二〇一六年的科幻電影《ＩＤ４》就將外星人研究的基地設定於此。

槍戰。

「華裔美籍，一九七九年生於舊金山，10歲時遭到激進種族主義者姦殺，她充滿怨念的靈魂已經強大到超乎想像。」宅詹愉快地回應他。

「那個會變成龍的小妞？」

「對，而她的青梅竹馬吳亨利，就是剛才那個白髮刺蝟頭，他們重逢後為了復仇，竟然一口氣殺了近百個人渣。」

「不太意外，要是我也會這麼做。」

「他們那時才14歲。」

「我在街頭長大，14歲不算什麼，他們只是稍微優秀點而已。」

「特殊部門就是專門招攬你們這種天賦異稟卻又活在懸崖邊緣的孩子。」宅詹在一扇大鐵門前停下。

「講得好像你出身多高貴，還有我已經他媽的32歲了。」

「唉呀，我竟然和你一樣老。」宅詹輸入密碼讓灰綠色鐵門向上升起。「我原本姓羅爾（Lorre），我的雙親遭遇船難失蹤，當時我還是個嬰兒。」

「我在你家聽過，然後一個韓裔家庭收養你對吧？」蘇洛差點把他家說成資源回收場，宅詹整理房間的能力和槍法似乎不成正比。

「沒錯，不過要說我是罪犯嘛……是……也不是。」宅詹對纏繞屋樑上的綠色巨龍與路易・拉森的鬼魂打了個招呼。「小孩子當然不知道什麼是危險。」

「你也殺了一狗票人？真看不出來。」蘇洛接過林瑪莉用尾巴送過來的莎夏後鬆了口氣，隨即被突然俯衝下來向他問好的路易嚇得幹聲連連。

「不，我小時候喜歡玩養父母房裡的電腦，他們在矽谷上班。」

「喔？然後順便駭進五角大廈破解核彈密碼？」蘇洛一邊拍開路易一邊問他。

宅詹對他咧嘴而笑。

「……你真的很可怕。」他不禁搖頭。

（霍特伍德莊園，午夜）

「女爵怎麼說？」我端著櫻桃甜酒走向戴爾。

「也找不到蘇洛。」他放下話筒嘆氣。「她派人到公寓查看，那裡一片凌亂，窗戶破了大洞，地上還有血跡殘留。」

「他……被擄走了？」一陣絕望感襲來。

「事情變得有點棘手，看來我們得先放棄暗影的事情。」

「也是。」萬一蘇洛在公寓裡被殺了，我們能否在那找到他的鬼魂？不，依蘇洛的個性，他要是掛點鐵定會直接殺來這裡抱怨。「還需要到蘇洛家再次查看嗎？」

「好吧，希望能找到什麼線索。」戴爾爬下床抱住我不放。

「他是很堅強的人，絕不會有事。」我撫著他的肩膀安慰道，但我也對現在的情況毫無信心。「到門口等我，我去開車過來。」

「嗯。」他輕啄我的嘴唇，我半是心疼半是忌妒地搓揉他的臉頰。沒辦法，畢竟他曾經和蘇洛有過數年關係，我仍會不時想起這件事，即使我們還玩過一場火辣的三人行。

我真是個糟糕的男友。

當我走到車庫門口才想起鑰匙還擱在客廳，只好匆忙趕回東翼（是的，我們又搬回東翼了，主臥室就留給戴爾爸媽還有阿福吧），打開大門卻聽見手機響了起來。

這鈴聲是蘇洛的！

「蘇洛！」我接起電話大吼。

「喔嗨，艦長[5]，是我。」

「……宅詹？」

「蘇洛在我這。」手機另一頭傳來蘇洛和一群人爭吵的聲音。

「你他媽在搞什麼鬼！」

「為了避免你們擔心就通知一下好了，特殊部門想給他一份工作，於是我們把他給綁來內華達，雖然路上不小心把他的腳弄傷了。」

「該死的阿宅！你差點嚇死所有人！我們還以為蘇洛被幹掉了！」我捏住鼻樑想止住不斷湧出的淚水。他還活著！至少他還活著！我的腦袋已經快被這堆突如其來的資訊搞到快要爆炸了！

[5] 這裡的艦長指的是《星艦迷航記》（*Star Trek*）裡的寇克艦長，是榭爾溫等人初次遇見宅詹時幫彼此取的綽號，參見《歡迎光臨愛貓社區》。

「什麼？」宅詹爆出大笑。「噢，我真的很抱歉！我弄哭你了嗎？」

「沒錯你這混蛋！」

「欸哈雷我還活著！」蘇洛搶過手機大喊。「我已經打給愛琳了！告訴老爺我沒事！」

「你不是受傷了嗎？」我擔心地問他。

「幸好沒傷到骨頭，那個會變成龍的小妞把我抓到沙漠裡，連莎夏也被抓來了！」

「你何時回來？」

「看情況，或許要好幾個月。」宅詹搶回手機。「我們有工作要做，先這樣囉。」

我衝上樓想告訴戴爾這個好消息，不過就在我踢開房門時差點跪倒在地。

兩隻抹滅者。

戴爾被牠們架在中間，鋒利手臂緊貼他的頸子。

天竺鼠般的低沉咕嚕聲在空氣中迴盪。

我怒吼著衝向牠們，抹滅者像被砲彈打中撞上牆壁發出淒厲尖叫，鮮血從戴爾的頸側噴濺而出。

不！我該不會失手殺了他？

「戴爾——」我從一片血泊中將他抱起，但他卻突然跳起來猛力推開我，淚水不斷從眼角滑落。

「你還活著？」我不顧他的掙扎死命抓住他。

「我到底怎麼了？」他的雙眼再度閃過一絲紅光。

「我不懂……怎麼會這樣？」我瘋狂擦拭他頸部的鮮血想尋找剛才的傷口，然而卻找不到任何痕跡，那這灘血是怎麼回事？難不成全都是幻覺？

「噢……有點頭暈……」他癱軟地倒回我懷裡。

「抹滅者在此為您效命，殿下。」那兩隻怪物起身走向我們。

牠們竟長出裂縫般的大嘴露出獰笑。

❦

亨利・洛文警官惱怒地掛上電話，暗自咒罵那個該死的拉丁混混竟被老同事抓進沙漠特訓，這下要重新培養線民了。

「你剛才去哪鬼混？」他瞪了躲在玄關的凱斯・洛文一眼，他的小兒子躡手躡腳地從陰影中走出，右手揣著一個正在發出呼嚕聲的紙箱。

「帶寶貝們回來。」凱斯・洛文伸手擦掉融化的眼線回應道。「路上差點被車撞。」

「那堆天竺鼠？你真該好好準備考試而不是成天畫圖玩老鼠！」洛文警官頭也不回地走進廚房。

「你跟老媽一樣討厭！」凱斯碎念著戴上耳機。

第三章　庫伊[6]

「抹滅者在此為您效命，殿下。」兩隻怪物張開裂縫般的大嘴露出獰笑，刀片狀手臂仍沾滿鮮血。

我撫著戴爾的臉頰想說服自己他已被殺害，但所有跡象都顯示他毫髮無傷，那這些血又是怎麼回事？他為何會暈過去？

還有抹滅者竟然開口說了話？牠們剛才說了什麼？該死！我沒聽清楚！

「那兩個小王八蛋……」喵喵步履蹣跚地從床底爬出來，身上充滿刀痕正滲出透明液體。

「喵喵！」我趕緊把牠抓過來。「你們對喵喵幹了什麼好事？」我對那兩隻怪物破口大罵。

「啊就跟她打起來而已啊。」身高較矮的抹滅者竟然攤手回應我，即使臉上只有一顆眼珠和大嘴巴我還是覺得牠一臉惹人厭。「那傢伙根本不是貓。」

「還有我們有帳要跟小金毛算。」身高較高的抹滅者指著戴爾，牠的語調聽起來更討厭。

「我被叫出來的隔天這混帳竟然拿十字架捅我，在燈塔時又拿槍射我們。」

「你們……難不成你們是上次那兩隻抹滅者？」

6 庫伊（cuy）是南美洲對天竺鼠的稱呼。

「賓果！」矮個子（其實也有六呎以上）抹滅者愉快地拍起手來。「那些人類內臟不夠用所以嘴巴沒被召喚出來，現在終於有嘴巴能跟你們解釋了。」

「你們上次根本想宰掉我們！」天啊，我竟然和牠們聊起來了！

「……我父母呢？阿福呢？他們沒事吧？」戴爾按著太陽穴起身，隨即又摔回我懷裡，喵喵滿臉心疼地爬到他身上蹭著。

「那三隻鬼嗎？」高個子抹滅者指指被窗簾遮住的陽台。「那個一臉管家樣的傢伙有點麻煩，只好先弄個防護罩通通關外面。」

「他們有受傷嗎？我剛才看到你把阿福彈了出去。」戴爾瞪著牠們。

「很安全啦，跟那堆動物幽靈一起關外面，你家根本是陰間動物園。」矮個子抹滅者聳肩回應然後伸手指著喵喵。「除了那個老巫婆。」

「什麼意思？」戴爾的雙眼再次閃爍詭異的紅光。

「先別急，親愛的淫夢魔，老巫婆的事情可以晚點解釋，我們因為之前和你們見過面的緣故所以被分到這倒楣差事。」

「等等，你們叫戴爾什麼？」我感到極度不安。

「說來話長啊殿下，你們先去洗澡明天再聽好了，我把那三隻鬼放進來。」看起來比較會說話的矮個子抹滅者打了個響指後，戴爾的父母和阿福火速穿過牆壁圍在我們身旁。

「他沒事吧？」馬修緊張地看著臉色蒼白的兒子。

「這些血是怎麼回事？」翠西亞指著滿地血跡慘叫。

「牠們……就是抹滅者？」阿福警戒地盯著那兩隻怪物。

「對……而且還會說話。」我拎起戴爾往浴室走。「但牠們好像沒有敵意，我不懂牠們現在跑出來幹嘛，還有牠們為何說喵喵是老巫婆？」我無奈地看著那兩隻正在欣賞窗簾然後聊起新藝術運動[7]的怪物，牠們到底是在裝蒜還是天生白目啊？

「茹絲・霍特伍德（Ruth Hautewood）。」阿福嘆了口氣。「我懷疑很久了，但沒想到真的是她。」

「我只想保護後代，沒別的意圖。」喵喵舔了舔前腳便跳出窗外繼續追逐蝙蝠。

「但喵喵是公貓啊！」我困惑地看著飄在空中的喵喵。等等，這傢伙有時會跟戴爾一起進浴室，甚至也在我洗澡時偷溜進去過，所以我們都被一個幾百歲的老阿婆看光光嗎？噁！

「或許茹絲被燒死時和寵物貓的靈魂合為一體，就我所知，過去有些能力高強的巫師能做到這種事。」阿福無奈地望著窗外。

「聽起來真可怕。」

「我覺得老爺的情況更令人擔心。」

「安啦，那金毛只是重新獲得從前的能力而已，你面前這個小痞子也會慢慢覺醒的。」矮個子抹滅者指著我笑了出來。

「我？」我差點尖叫。

7 新藝術運動（Art Nouveau）是盛行於十九與二十世紀之交的藝術風格，使用花草等自然元素並結合當時的工業技術生產許多吸引大眾目光的產品，甚至能進行量產，例如慕夏（Alphonse Mucha, 1860-1939）設計的廣告。

「明天再說，我想先逛逛。」高個子抹滅者伸了個懶腰便消失無蹤。

「對了，那個沒禮貌的傢伙是法蘭茲（Franz）。」矮個子抹滅者伸長脖子對我說。「我叫路德（Lud），以前在地獄見過你們。」

「地獄？所以我和戴爾到底是什麼鬼東西？」

「基於一些麻煩因素，我們無法告訴你和霍特伍德太多事情，我們只是上來負責你們的人身安全而已。」路德歪頭說。「有些不該來人間的東西破壞了規則，但相當巧妙地和你們一樣隱藏了真實身分，所以請隨時保持警覺。」

「不該來人間的東西？我總覺得你在呼嚨我？」

「別這樣說，殿下，有太多事情要解釋，我們得慢慢來。」

「還有你為何一直叫我殿下？」

「欸，都講這麼清楚會不懂嗎？」叫法蘭茲的高個子抹滅者憑空冒了出來。「你是他的兒子！地獄之王！墮落天使首領！」牠瞪我一眼並再度消失。

「難不成我是撒旦他兒子？哈哈，你們在演《天魔》[8]嗎？所以這世界要毀滅了對不對？」我歇斯底里地對路德怒吼。

「末日之戰不會這麼單純地發生，你和你身上抱的傢伙都是在意外下『偷渡』人間，但你該提防的東西更不該來這裡。」路德走向陽台，乾瘦高大的身軀轉為透明。「晚安殿下，我和法蘭

[8]《天魔》（*The Omen*）是一九七六年的恐怖電影，講述撒旦之子降臨人間後引發的一連串神秘與死亡事件。

茲會在附近閒逛，不會吃掉那些動物幽靈的。」
「牠們話真多。」戴爾在我耳邊低語。
「牠們長嘴巴更討厭……」我搖了搖頭，隨即被三個惡鬼投以責備的眼神。「好啦對不起！我沒保護好戴爾！」
「我就說我不信任他。」翠西亞哼了一聲便轉身飄走。「娶我外甥女又始亂終棄，現在還弄出兩隻嚇死人的怪物。」
馬修對我比了個「我會好好監視你」的手勢。
「相信我，哈雷先生，我比你更慘。」阿福無奈地一起飄走。
「所以……我也變成了怪物？」戴爾愣愣地看著我，臉頰上還有尚未擦乾的淚水。
「我不知道……我不該害你受傷的。」我不知該如何向戴爾道歉，如果他的身體沒產生變化早就被我的魯莽給害死了。「我差點害死你！」
「幸好這沒有發生，不過的確有點失血過多。」他被我抱進浴室時挨在我肩膀上說道。
「的確？那堆血只讓你頭暈？」我一邊幫他解開扣子一邊哀號。
「很奇怪對吧？我之前已經發現傷口會快速癒合這件事，但一直不敢告訴你。」他握住我的手撫著。「我很害怕。」
「不管你變成什麼我都會愛你。」我親吻他的眼角回應道。
「謝謝你。」
「喔對，蘇洛其實被特殊部門抓去特訓了，宅詹剛打來說的，他們想給他一份工作。」

「他們也真是的……」

他的雙腿纏上我的腰際，理智逐漸從我的腦海遠去，最後將他一把抱起來壓在牆上。

「我能這麼做嗎？」我舔著他的耳殼享受壓抑喘息。「在浴室？在牆上？沒有保險套？」

「你昨天才把一盒保險套放在洗手檯上的櫃子裡……」他揪住我的領子陷入深吻。「你該不會開始健忘了？」

「欸戴爾，我沒那麼老吧？」

「未老先衰。」他終於露出頑皮的笑容。

「說得我好像只剩一張嘴。」我把他的內褲拋進洗衣籃。

「床上功夫倒沒退步。」

「感謝稱讚喔。」我絕望地扣住他的臀部磨蹭，濕潤感滲透布料直達肌膚，他的雙眼已經恢復冷冽的冰藍，瞳孔因慾望而大張。

「噢！這樣很舒服！」戴爾終於忍不住叫了出來。「我一定是嚇傻了才想這麼做！」

「你是指在浴室做愛嗎？」我蹲下身親吻他的肚臍。

「對……明明才剛遇到危險，而且我還在頭暈……這反倒變成有點詭異的助興效果。」

「看來我得好好照顧你。」我舔舔嘴唇看著他。

「少肉麻了榭爾溫。」

當我正在好好取悅戴爾時，有人戳了我的背一下害我差點咬傷他。

「話說你們都把卡匣放哪兒？」法蘭茲拎著一台任天堂主機問道。

噢……天殺的抹滅者！

❦

（特殊部門總部，內華達州）

「還很痛嗎？」宅詹一大早就拎著繃帶站在蘇洛床邊。

「噢……該死是你。」蘇洛頂著一對黑眼圈碎念。「止痛藥很有效，但路易很煩就是了，我為何要跟那死人當室友？你根本是故意的吧？」

「你不說我怎麼知道你把到他女友？」宅詹翻了個白眼回應他。「拿去，自己處理。」他把繃帶扔到蘇洛受傷的腳上。

「幹！你這個惡魔！」蘇洛痛得從床上跳起來。

「意外。」宅詹笑著閃避他的攻擊並俐落地抓住他的手臂。「雖然你是傷兵可以翹掉訓練，不過總得露個臉讓大人物放心。」他對蘇洛耳語。

「我對亞洲男孩可沒興趣。」

「變態。」

「好啦抱歉我誤會了可以嗎？把鎮定劑收回去！」

「乖一點，我可不想害你被貼上難以管理的標籤。」

「那是我的天性，阿宅，你管不動我。」蘇洛本來還想對他比個中指，然而在他舉手前吳亨利便走了進來用電擊棒直接把他電倒。

「我討厭他。」吳亨利瞪了眼冒金星的蘇洛一眼。

「這不代表你能對同事動粗。」宅詹壓下殺人的慾望。「如果不想聽從我的指揮大可向上級抗議不是嗎？」

「我從不違抗你。」

「看不出來。」

「我非常欽佩你的勇氣，但別指望我不會對其他看不順眼的人動手。」吳亨利露出冷笑。

「你殺了我師父。」宅詹想起十年前特殊部門追捕那對亡命鴛鴦時的場景。

那是他首次跟其他老探員出任務，卻親眼目睹前輩們一個個被吳亨利和林瑪莉殺死，這讓他有好多年不敢出外勤。

「聽說那是你第一次動手打人。」

「是的。」宅詹回想吳亨利牙落滿地滿臉是血還能大笑的樣子。

「而且你還哭了，真是個懦夫。」

「你沒資格說我。」

「我知道。」吳亨利走向他並遞給他一個鋁罐。「診療間那邊的小護士要拿給你的，說什麼你好幾天沒睡看起來很可憐，我倒看不出來。」

「感謝。」宅詹皺起眉頭看著他。

這根本是市區賣的提神飲料，這幾天進城的人只有吳亨利而已。

「不用謝我。」吳亨利頭也不回地踏出房間。

「別跟我說你也捲入了三角關係。」蘇洛滿臉惡意地笑著。

「鎮定劑還在這裡。」

「我閉嘴就是了。」

吃完意外美味的早餐後，蘇洛興致缺缺地拖著瘸腿走出房間，沿途還得提防突然竄出的路易・拉森。這傢伙自從學會一堆死人把戲後就很愛作弄他，大概是在吃他和愛琳的醋。他下意識摸摸脖子上的護身符，赫然發現少了一個，他緊張地翻攪身上所有口袋。

「這個？」恢復人形的林瑪莉走了過來，手上拎著一個褐色圓形皮墜子。

「怎麼在妳手上？」蘇洛連忙把它搶回來。

「這東西擁有很強的力量，我有點好奇。」林瑪莉露出滿口尖牙笑著。

「我父親的遺物。」蘇洛一邊皺眉一邊把護身符戴回去。

「你父親死了？」林瑪莉看著他。

「失蹤，但我就當作那老頭已經掛了，小時候他把這東西掛在我脖子上然後就人間蒸發了。」蘇洛搔著腦袋說道。「我是在街頭長大的。」

「我看過你的資料，你是滿厲害的拳擊手對吧？」

「只是業餘的。」

「你腳傷復原後也許能和那個消防員比劃比劃。」林瑪莉指著從牆壁冒出來的路易。「那傢伙拳腳功夫不錯。」

「是喔，我還以為這傢伙只會逞英雄和擾人清夢。」蘇洛不屑地瞪了愛琳死去的男友一眼。

他曾因為好奇搜尋當時的新聞而意外找到路易・拉森殉職的報導，這傢伙一馬當先衝進災難現場救人時被倒塌的鋼筋壓住，據說死法就像《悲慘世界》中的恩佐拉（Enjolras）般悲壯，希望這只是記者的濫情之詞。

「人不可貌相。」路易愉快地坐在他肩膀上。

「別學老爺說話。」蘇洛想起第一次與路易碰面的情景，那根本是鬼片來著，這傢伙竟然躲在電梯裡把他跟榭爾溫嚇得屁滾尿流。

「說到你家老爺，我記得是間大公司的老闆吧？」路易想到什麼似地搓揉下巴。「我當時有看到你和他在幹嘛。」

「靠！」蘇洛差點跳起來。「你他媽該不會那時就躲在外面吧？」

「對，用我隱藏氣息的能力。你和滑頭小子在床上幹嘛我都看得一清二楚，所以我不太信任你和愛琳在一起。」

「老爺現在和哈雷那傢伙在一起。」

「是嗎？這代表我可以放心囉？」

「你最好離我們遠點趕快超生吧。」蘇洛不滿地把他從肩膀上拍開。

「我還是喜歡繼續報效國家。」

「死都要當公務員。」蘇洛不禁翻了個白眼。

「我有同感，只有他是自願加入的。」林瑪莉聳肩回應他們。

「我想起來了，妳也是個罪犯。」蘇洛對她說。

「你能理解我的苦衷。」

「宅詹跟我說過，還有我剛才偷聽到妳那刺蝟頭男友幹掉宅詹他師父的事情。」

「人總要過活。」林瑪莉嘆口氣。「尤其是被迫上路的亡命之徒。」

「看來除了你我們都能取得共識啊，公務員英雄。」蘇洛對路易扮了個鬼臉。

「去你的。」

兩鬼一人在總部中央停下腳步，艾倫・圖西已經站在投影機前擦拭眼鏡，身旁站了個留著黑色大波浪秀髮的健壯中年婦女。

「等等！那是海嘉・曼恩（Helga Mann）？」林瑪莉突然露出緊張的表情。

「誰？」蘇洛和路易不解地看著那個歐巴桑。

「當年抓住我們的老探員之一。」吳亨利不知從什麼角落冒了出來。「德國人，和另一個該死的老太婆伊迪絲・查瑟（Edith Zacher）是搭檔，不過伊迪絲竟然沒一起出現還真奇怪。」他狐疑地盯著海嘉。

「伊迪絲還在柏林出任務。」宅詹抱著文件走了過來。

「大家都到了嗎？」艾倫・圖西戴上眼鏡看著所有人。「在我們開始前，海嘉有話想對新人說。」

「我嗎？」蘇洛開始盤算如何激怒這眼鏡仔老頭。

「你是戴爾的司機對吧？」海嘉愉快地走向他。

「是又怎樣？」蘇洛感到一陣不安，莫非路易的大嘴巴已經把所有事情公諸於世了？

「如果有機會請替我向他問好，或許再加上那位榭爾溫・哈雷吧。」海嘉・曼恩撥撥海草般的長髮。「跟他們提到倫敦之旅[9]時的德國情侶他們就會想起來了。」

（猶太博物館，柏林）

愛琳・歐哈拉俯視建物縫隙外的燈光，隨即警覺地看著朝她走來的一位男士。

「歐哈拉小姐？」德語腔調濃厚的音色從他唇間流出。

「是的。」愛琳感到有人在附近窺伺，但這時明明沒人在博物館裡閒晃才對，她是利用與館長訪談的空檔溜出來會面的。

「這個。」西裝男拿出一個牛皮紙袋。「這是探照燈石油公司的骯髒祕辛，我相信您能讓這些醜聞公諸於世。」

「這是我的天職。」

「記者從不過問扒糞的代價嗎？」西裝男的右手伸進外套翻攪，接著便是子彈上膛的清脆聲響。

一道黑影從角落衝了出來。

西裝男倒了下去。

「消音器，歐哈拉小姐。」一頭金髮的伊迪絲・查瑟脫下面罩看著她。「妳長得真像我一位朋友，不過她已經死了就是了。」

---

[9] 這段故事請見《歡迎光臨愛貓社區》前傳〈祕林之子〉。

「妳是誰？」愛琳癱軟地坐倒。

「妳面前的東西比石油公司醜聞更可怕喔。」伊迪絲繼續射擊倒地的西裝男。

「妳在幹嘛？妳在幹嘛他已經死了！」

「惡魔。他們正四處蠢動。」

「什麼？」

「我得帶妳離開，這個糟糕的情況必須向總部知會。」伊迪絲・查瑟一把抓起愛琳從化為灰燼的西裝男身上踩過。

灰燼在她們踏出博物館後冉冉升起並化為一團模糊人形。

「這下得來點精采演出。」那團灰燼用人類尚未解讀的語言喃喃說道。「得飛回紐約尋找新身體，那裡可是最棒的舞台，想必老大會感到滿意。」

它拾起愛琳未及帶走的牛皮紙袋，袋口掉出一張照片。

那是安東尼・戴維森和一群中東恐怖份子的合照。

（霍特伍德莊園，紐約近郊）

「好啦我們會變可愛咩！」路德和法蘭茲像兩個闖禍的死小孩坐在地上耍賴，不過這兩個死小孩可是擁有傲人身高與致命武器並來自地獄的怪物，然後牠們依然天殺的不想好好跟我解釋牠們再次出現的原因，只不停對我們保證世界不會因此毀滅。

「你們知道自己幹了什麼好事嗎？」我用掃把指著牠們。

「嚇壞園丁先生。」

「沒錯！你們差點把園丁嚇死！他兒子現在還躺在醫院！」牠們這幾天都在莊園裡亂逛，還跑進馬廄[10]大大驚嚇史密斯父子，害得奧圖的養子賈德從梯子上跌下來。戴爾對這件事非常氣憤還差點和牠們對幹起來，不過尚未從失血中恢復的他也只能每天不滿地瞪著那兩隻特大號渾球。

「不然殿下出個主意給我們嘛！」法蘭茲不滿地嚷嚷。

「什麼都好！總之不要用那鬼樣子到處嚇人！」我只好到馬修的書房找本動物圖鑑扔給牠們。真是的，現在搞到連那三個老人家都不想待在大宅而暫時搬進溫室，真對他們還有被迫多了三個鬼室友的森林妖精格姆林很不好意思。

「相貌歧視。」

「你們乾脆把嘴也變不見算了。」我選擇無視牠們繼續掃地，順便到廚房煮鍋檸檬奶醬當今晚的飯後點心。至少戴爾目前還沒抱怨過檸檬奶醬，這讓我相當自豪，他已經把我能煮出來的東西都數落一遍了。我心滿意足地把奶醬擺進冰箱就拎著啤酒準備回房間享用，偏偏手機挑在這時響了起來。

「誰？」

「哈雷嗎？」洛文的聲音從手機飄出。

10 霍特伍德莊園在上世紀初便不再養馬，馬廄目前是園丁史密斯父子的家，蘇洛偶爾也會在那裡過夜。

「喔嗨，好久不見啊警官。」

「我有個不情之請。」他聽起來竟然有些落寞。

「你聽起來滿喪氣的？」我感到一絲幸災樂禍。

「是凱斯，他想帶寵物參加選美比賽，但我實在撥不出時間陪他……」

「所以你找上他的偶像？」唉，或許已經變成前偶像了，我都離開球隊那麼久了。

「他依然把你的海報掛房間。」

「我真是受寵若驚。」

「如果方便的話明天是否能載他一程？」洛文真是有夠絕望才會打給我。

「當然沒問題。」

「還有一定要看緊他，那小子最近交了奇怪的朋友。」

「年輕人嘛何必這麼緊張？你們警察真的很神經質耶。」我想起之前在哈林區時差點撞到凱斯。那幾個街區並不熱鬧甚至堪稱危險，或許凱斯在學校結交身分較複雜的朋友，但現在顯然不是跟洛文提起這件事的好時機。

「安全至上，我必須往最壞的方向想。」洛文恢復往常的惱人語調。「總之看好他就是了。」

「好啦好啦……話說凱斯的寵物是什麼？狗狗嗎？」

「你一定不會相信，是天竺鼠！」洛文聽起來像見到外星人一樣。

「天竺鼠？」我光想到滿地爬滿毛茸茸小胖鼠發出咕嚕聲就覺得好笑。「牠們只是小孩子養的寵物而已啊！」

「我也想說一樣的話，但凱斯每次聽我這樣說就氣得半死。」洛文無奈地回應。「地址我用簡訊傳給你，明早就到我家門口等他吧，他姐姐凱特也會一起去。我正忙著抓搶匪，再見！」

唉，單親家長還真不好當。

戴爾約莫在8點返回莊園，他一臉疲憊的樣子讓我充滿罪惡感，雖然他看起來毫髮無傷，但之前意外導致的大量失血還是讓他很不好受。

「還不舒服嗎？」我摟住他。

「好很多了。」他瞇眼嘆息，帶有雪松氣息的古龍水味逐漸占據嗅覺。

「喔對，今天的點心是檸檬奶醬喔。」我搓揉他的臉頰。

「太好了。」

「所以……洛文警官要你載凱斯去參加天竺鼠選美？」戴爾放下叉子露出難以置信的表情。

「他總是沒時間陪小孩。」我滿嘴食物回應他。「人民褓姆，你知道的。」

「說的也是。」

「聽說他和老婆分居後，那對兒女越來越叛逆了。」出於我們無法得知的原因，洛文警官幾年前便與妻子達娜（Danna）分居，但他們那對兒女竟是由最不可能有時間照顧他們的父親負責撫養，天知道他老婆出了什麼事情。

「我去年和警方共事時聽過一些傳聞。」他優雅地啜飲紅酒。「他們似乎有人出軌。」

「但願那不是真的。」我實在很難想像洛文那種死腦筋的人會對伴侶不忠，而他宛如修道院長的老婆看起來也不像會做那種事的人。

「人性總是難以預測。」戴爾聳肩回應。

「唉，我能理解。不過你有興趣嗎？和我一起送凱斯去比賽？」

「當然沒問題，我沒看過動物選美。」

「挺好玩的。」我想起小時候養的哈士奇，老爸以前最愛帶牠參加俱樂部裡的比賽了。「把牠們梳洗得漂漂亮亮，評審會對參賽動物是否符合每個品種的標準進行評分，然後讓牠們在會場跑個幾圈之類的，我想天竺鼠選美大概也是照這程序走吧。」

「牠們需要戴項圈嗎？」他笑了出來。

「誰知道呢？說不定要幫天竺鼠戴項圈然後看牠們賽跑！」我開始想像各種滑稽畫面。

「未免太好笑！」戴爾的臉頰終於恢復了血色，這讓我放心不少。

「我先去拿點心。」我伸個懶腰起身。

當我走回廚房打開冰箱時，那鍋檸檬奶醬似乎長高了不少。

我驚訝地瞪著冰箱，馬上尖叫著目睹黃澄澄的醬汁像火山爆發噴了我滿臉。

「大驚喜——」

兩隻全身沾滿檸檬奶醬的天竺鼠在碗裡對我揮手。

媽的，那是路德和法蘭茲的聲音。

於是我們的飯後甜點變成戴爾不悅地看著我滿地追殺兩隻髒兮兮的天竺鼠。

「我又開始頭暈了。」他倒回沙發。

凱斯・洛文正在電腦前飛快地敲擊鍵盤，籠子裡的寵物天竺鼠狄奇和噴嚏精平穩的咕嚕聲讓他格外放鬆，凱特則在隔壁房用電話和女友吵得不可開交。看來她們又吹了，本月第三次，女生真奇怪。

「我爸竟然找了那個籃球員來載我！」輸入完畢後凱斯用力按下enter鍵。

「誰啊？」他住哈林區的好友彼得・薩根特（Peter Sargent）傳來一個充滿問號的表情。

「那個被開除的櫥爾溫・哈雷！」凱斯轉頭瞪了門上海報一眼。他並不是著迷於籃球才把這傢伙的海報貼門上，他只想假裝自己是哈雷的粉絲來氣老爸而已，他從登門拜訪的警察那裡耳聞父親和這位過氣球星有些過節。拜託，他厭惡主流社會到了極點，怎麼可能喜歡這種睪固酮橫流的噁心比賽？「他明天要來載我！感覺超差！」他順便傳給彼得一張櫥爾溫對鏡頭露出蠢笑的新聞照。

「哈哈，誰叫你要騙你爸！」彼得聽見門外傳來急促敲門聲。「等等，死老頭在敲門！」他一邊不耐煩地起身一邊關掉正在震天價響撥放〈萬惡巨星〉[11]的喇叭，順便在心裡咒罵那個重聽

11〈萬惡巨星〉（"Antichrist Superstar"）為工業搖滾樂團瑪莉蓮・曼森（Marilyn Manson）於一九九六年推出的同名專輯歌曲。

兼癡呆的老祖父。「幹嘛啦？」他打開門大吼。

但他祖父應該沒有閃爍紅光的雙眼才對。

「欸彼得你在幹嘛？該不會把死老頭幹掉了吧？」凱斯也不耐煩地敲打鍵盤。

幾分鐘後，彼得．薩根特坐回椅子繼續打字，電腦螢幕映出一對不詳的暗紅色雙眼端詳著榭爾溫的蠢臉。

「那老頭忘記錢包放哪，蠢斃了。」他在句尾加上一個嫌惡的表情，看來新容器配合得不錯。

「死猴囝仔快開門！」真正的薩根特老先生正在門外猛敲。

他把〈萬惡巨星〉放得更大聲。

❖

（特殊部門總部，內華達州）

「那小妞為何不用參加訓練？」蘇洛不滿地瞪著在一旁納涼的林瑪莉。

「她的訓練時間還沒到。」宅詹扔給他一頂黑色全罩式安全帽。「況且我們需要裁判。」

「裁判？」蘇洛痛苦地拉著過緊的皮外套。他真不該謊報身材，但一看見裁縫師就很不想讓那個一臉變態的怪咖上下其手。

「兩場計時練習，第一場是我們四人分成兩組對戰。」宅詹指著迎面而來的吳亨利與路易。

「第二場則在對戰結束後合為一組對付模擬敵人。」

「模擬敵人？是科幻電影裡那種虛擬實境（virtual reality）嗎？」

「不，是實際物體。」

「說清楚點，阿宅，什麼實際物體？」蘇洛不禁感到寒毛直豎，天知道這神祕的機構會不會拿真人當靶子？

「練習用假人啦不用擔心。」宅詹翻了個白眼戴上安全帽，一旁的技術人員分別遞給他們兩把槍便火速離開現場。「不過要真槍實彈就是了。」

「你要我們沒穿防彈背心就上場？欸這算哪門子練習？會死人吧？」

「你在街頭不就這樣長大嗎？」吳亨利一臉不屑地走來。「等下別哭著找媽媽。」

「我媽正在被人幹所以沒空。」

「少耍嘴皮子。」宅詹用手肘撞他一下。「準備計時，林瑪莉。」

「OK，兩隊請到各自的角落等候指令。」林瑪莉一躍飛上天花板橫樑。

「安全帽左邊有個夜視鏡按鈕。」宅詹對蘇洛說道。

「蛤？」在他找到按鈕前燈光就全滅了。

「練習開始。」林瑪莉的聲音從天花板傳來。

吳亨利像顆子彈直衝而來，蘇洛終於看見他時他已經和宅詹扭打成一團。

「幹！」蘇洛連忙拔槍對準他，但突然冒出來而且滿臉是血的路易・拉森已經架住他的脖子不放。「幹幹幹走開！」

「來不及囉！」路易猛然壓住他的頸動脈。

「滾蛋！」蘇洛用盡最後一絲意識把他一拳揍飛。

「把他打暈！」宅詹踢開吳亨利後對他大叫。
「他是鬼欸！」
「其中一把槍是對付鬼魂用的！」宅詹跑到訓練場另一頭閃躲吳亨利的攻擊。
「死阿宅你跑不掉的！」吳亨利像瘋子一樣不斷朝他開槍。
「欸刺蝟頭你這樣會打死人！」蘇洛一邊試圖踹開路易一邊手忙腳亂地辨別哪把槍是用來打鬼的。「隨便啦！」他拔出其中一把朝路易開了幾槍。
「你在耍寶嗎？」子彈從一臉無奈的路易身上穿過。
「該死！」蘇洛把槍通通甩到一旁便朝路易撲了過去。「聽說你拳腳功夫很行是吧？」他決定放棄自己正在練習的心態。
「就算你把我脖子轉好幾圈也沒用喔！」路易咯咯笑著。「打贏我的唯一辦法是那把槍，不這樣做的話最後輸的會是你，我現在可沒體力限制。」
「用拳頭就夠了！」蘇洛氣得再度揍他一拳，這拳竟然讓路易露出痛苦的表情飛到一旁。
「第二場準備開始。」林瑪莉的聲音再度傳來。
吳亨利成功地朝宅詹胸口開了一槍。
「欸幹你真的朝他開槍！」蘇洛衝向倒地的阿宅。
「該死好痛！」宅詹按住胸口哀號。
「你怎麼還活著？」蘇洛幾乎要相信這裡沒正常人存在了。
「這就是防彈衣……」他指著外套便昏死過去。

「這件外套？」蘇洛不敢置信地捏著看似只是普通皮衣的外套。

「給我專心點，練習用假人很大隻。」吳亨利走過來一把拎起宅詹。

「我正想問你們是不是有一腿……」蘇洛瞪著起碼和兩台直升機一樣大的機器人從鐵捲門走出。

一次兩隻，政府真有錢。

「喔喔要來了！」路易掙扎著爬起來。

「你還能動喔？」蘇洛瞪了他一眼。

「你那拳真厲害，起碼會讓我痛上好幾天。」路易抹去眼角的鮮血。「我懷疑你身上有東西強化了你的攻擊。」

「大概是我爸的護身符，那才是真正有用的，其他都只是裝飾。」蘇洛指指脖子上那堆項鍊。

「話說你平常不是能掩飾傷口嗎？怎麼又在滴血了？」滿臉鮮血讓這傢伙像是戴了條紅色眼罩。

「我一緊張就會變回原樣，畢竟只是菜鳥而已。」

「別再聊天了！」吳亨利朝機器人的腦門開了幾槍。「把頭打爛就能關機！」

「那你來打就好了這不是你的專長嗎？」蘇洛正想吐槽他身上扛了個人要怎麼瞄準，不過現在光是忙著被巨大機器人追殺就自顧不暇了。

「閉嘴！」吳亨利閃過機器人的大腳順便賞它胯下幾槍。

「他只是在玩，要是認真起來他半分鐘內就能把它們解決。」路易愉快地坐在蘇洛肩膀上。

「欸不准納涼！」蘇洛邊跑邊咒罵著，最後終於躲進機器人無法鑽入的角落並瞄準其中一個開了幾槍。「該死！」

「爛斃了！」吳亨利把倒地的機器人頭踹飛順便舉槍打爆另一個的腦袋，但這幾發卻射偏了。頭顱半毀的機器人衝了過來。

宅詹舉起手開了一槍。

機器人直挺挺倒在他們面前。

「別掉以輕心。」宅詹皺著一張臉從吳亨利身上跳下來。

「阿宅你沒事吧？」躲在角落的蘇洛對他大喊。

「只是痛到一時失去意識而已。」宅詹揉著胸口抱怨。「我們花了多少時間？」他對天花板上的林瑪莉問道。

「四分半，目前最低紀錄。」

「因為有菜鳥在絆腳。」吳亨利瞪了蘇洛一眼。

「不專心練習跟阿宅打情罵俏的人又是誰？」蘇洛回敬他。

「好了別再吵了。」宅詹制止快要拳腳相向的蘇洛與吳亨利。「你們兩個很不合群。」

「欸，他們兩個是不是存在某種虐待狂與被虐狂的關係啊？」蘇洛對路易耳語。

「你問我我問誰？」路易攤手回應他，臉上的血跡終於消失無蹤。

「各位，新任務。」林瑪莉拎著對講機跳下屋樑。「死亡谷[12]，有惡魔出現的跡象。」

「怎麼最近變這麼多？」宅詹狐疑地盯著牆上映出艾倫・圖西大臉的螢幕。

12 死亡谷（Death Valley）位於內華達州與加州交界，擁有豐富的沙漠景觀，同時也屬於全美最大的國家公園一部分。

「自從去年抹滅者出現後就開始了。快去整裝，飛機和醫護小組已經就位，要包紮上去再包。」艾倫・圖西指指身後落地窗外的景象。

「走吧。」宅詹嘆口氣說道，胸口依然痛得要死。

「惡魔？」蘇洛想起恐怖的抹滅者。「該不會跟去年那兩隻一樣？」

「根據文獻室那邊更精密的比對，我們最近才發現抹滅者連惡魔都不算，頂多是地獄看門狗。」

「光看門狗就打這麼辛苦？那現在豈不是要完蛋了？」

「如果和古往今來神職人員處理惡魔的情況相比，抹滅者只是破壞力強大的怪物罷了，而且缺乏指令牠們大概也只會到處破壞。至於惡魔……就人類所知反而擅長心理戰，況且歷史記載上也很少有強大的惡魔出現。」

「心理戰？這我才更擔心！」蘇洛指著一臉不爽的吳亨利。

「你們不要一直起內鬨就好。」宅詹一上飛機就直接倒進擔架。「兩條笨狗。」他用韓語碎念著。

「你在罵人對吧？」蘇洛白他一眼。

「他在說我們是兩條笨狗。」吳亨利竟然意外熱心地幫所有人拿水壺過來。「我只聽懂那句，通常他那樣說的時候心情不錯。」

「你們鐵定有一腿。」

「我向來尊敬能擊敗我的人，練習時除外。」吳亨利瞪他一眼。「況且我有女友。」

「別把持不住啊。」蘇洛找到了新嗜好，那就是激怒吳亨利。

「你這個……」

「安靜點！」宅詹終於耐不住性子掏出鎮定劑。

「我們的隊長。」林瑪莉愉快地看著窗外。

「兼動物園園長。」路易飄在空中欣賞閃躲鎮定劑的兩人。

我和戴爾在洛文家門口按下電鈴，凱特開門後驚訝地看著我們。

「哈雷先生？我還以為老爸在開玩笑！」

「好久不見啊凱特，你們準備好了嗎？」我愉快地問候她。

「他正在裝那兩隻老鼠。」凱特指指客廳。「進來吧，很久沒看到你們了。」

「也是，我們離開劍橋後就沒見過你們姐弟。」我踏進客廳後看見洛文一家在羅浮宮前拍的全家福。

他們看起來好快樂。

「老爸調職後我們也跟著搬到紐約。」凱特把檸檬水遞給我們。「他比較喜歡這裡。」

「不意外，這裡是犯罪溫床。」戴爾聳肩說。

「你還真像我爸說的一樣只會烏鴉嘴，霍特伍德先生。」凱特揶揄道。「話說你們在通靈板事件[13]後還有遇上怪事嗎？老爸一天到晚在講那個鬼故事。」

「妳爸沒跟妳說嗎？」這次換我驚訝地看著凱特了。「他去年在長島辦的那堆凶殺案？」

「他只跟我們提起腳斷掉的那場意外，好像有屋子年老失修垮掉之類的，不過那些案件似乎涉及滿複雜的事情所以他一直三緘其口。」

「還是別告訴她吧。」戴爾的聲音在我腦海響起，我愣愣地對他點頭。

「話說凱斯最近如何？」我期望從談話中尋找凱斯奇怪新朋友的線索。

「還是那副懶樣，至少他養了那堆神經質的老鼠後就改用耳機了，不然我們都會被他的音樂吵死……」凱特依然不願用天竺鼠稱呼那些可愛的小傢伙。「鬼吼鬼叫的金屬樂。」說來好玩，凱特是音樂系的學生，但洛文警長卻不百般希望他兒子進入藝術學院。

「至少會為寵物改變生活習慣，聽起來不錯。」戴爾歪嘴笑著。

「他要是不繼續整天在外頭鬼混就更好了。」凱特無奈地搖頭。「欸凱斯！你想錯過比賽嗎！」她對貼著「禁止進入」標誌的房門大喊。

「馬上來！」凱斯的聲音從裡頭傳出，不到一分鐘便抱著兩個紙箱一臉不快地走出來。

「哈囉，凱斯！」我向他打了個招呼。

「喔嗨……哈雷先生。」他的眼線簡直比我媽參加派對時還誇張。

「別那麼拘謹，你仍是我的粉絲我真的很感激。」我走向他看著那兩隻天竺鼠。「牠們有名

13 這件事請見《歡迎光臨愛貓社區》。

字嗎？」天啊，牠們真的好可愛，只要不是抹滅者變的都可愛到不行。

「沒。」凱斯直截了斷回應我然後坐進沙發。

「他大概在緊張，第一次參加那種比賽。」凱特拎起背包說道。「要走了嗎？」

「全看他吧，凱斯你準備好了沒？」我仍在試圖不讓這場對話冷掉。

「好了。」凱斯戴上耳機晃出大門。

「你真受歡迎。」戴爾幸災樂禍地看著我。

「也許洛文搞錯他兒子的喜好。」我皺眉看著那個依摩（emo）小子。「他怎麼看都不像運動迷。」

「或者洛文對兒子的印象只停在小學時期。」戴爾上車後掏出一張邀請函。「不過我也得感謝你們，要不是洛文剛好託你送凱斯去參比賽，我也懶得參加這場剛好和天竺鼠選美辦在同棟飯店的餐會。」

「什麼餐會？」我的心思一直飄到那兩隻天竺鼠身上，牠們實在太吸引人了，我內心一定住了個死不長大的小孩。

「探照燈石油公司的慈善餐會，安東尼寄來的。」

「噢。」我完全理解他不想參加的原因。

這間飯店和去年我們處理騷靈事件的是同個集團開的，看來帕克先生沒把自己搞到傾家蕩產，真是可喜可賀。

我們往樓上宴會廳走去，門一打開就聽見四周充滿高高低低的咕嚕聲，接下來的半小時我們大概把這輩子該看的天竺鼠都看過一輪了。林蔭天竺鼠俱樂部的會長史丹利•巴特勒先生友善地帶著我和戴爾四處參觀，這個俱樂部本來在天竺鼠展較興盛的英國成立，第一次世界大戰後由於創辦人舉家移民美國的關係而成為本地歷史悠久的天竺鼠俱樂部。除此之外，巴特勒家族還曾是戴爾父親的老客戶，但他們在80年代的經營危機時銷聲匿跡好一陣子，所以就連戴爾也不知道史丹利現在成為林蔭天竺鼠俱樂部的會長。

「我還記得你那洋娃娃般的漂亮臉蛋。」史丹利愉快地捏著戴爾的臉頰。「你在我父親的馬場差點跌下馬，那時哭得可慘囉。」

「我和動物還是處不太好。」戴爾紅著臉回應他。

「那就試試天竺鼠吧，牠們是人類最好的朋友，我在公司瀕臨倒閉時跑到南美高山上避世好一陣子，在那裡我重新認識這些可愛的小傢伙。」史丹利抱起一隻會在比賽後售出的長毛天竺鼠寶寶說道。「牠們……既是食物，又是與人類密不可分的親密伙伴。」

「這樣說參賽者恐怕會嚇死。」史丹利的姪子賽勒斯•巴特勒走了過來。「在美國講這個是禁忌話題，叔叔。」

「哎呀我知道，但就是忍不住嘛。」史丹利抖著彌勒佛般的大肚腩呵呵笑著。「話說是什麼風把你們吹來這？你們應該是要參加樓下的慈善餐會才對吧？」

「有朋友託我送他兒子來參賽。」我接過史丹利手裡的天竺鼠寶寶。「那邊的酷小子和辣妹是我朋友的小孩，第三個……應該是他朋友。」我竟沒注意到凱斯已經和一個黑衣小鬼攀談起來，大概就是洛文警官所謂的怪朋友吧，看起來和凱斯的確臭氣相投，難怪洛文這麼不放心。

「我的確是來參加樓下活動，不過我朋友剛好被託付這個任務就順道來看看了。」戴爾小心翼翼地撫摸天竺鼠寶寶。

「呵呵，看來探照燈公司這幾年做公益不餘遺力啊，想當年他們幹的那些骯髒事……」史丹利壞心地笑著。

「我叔叔最愛講大公司八卦了，我看他連你家公司也能講出一堆亂七八糟的東西。」賽勒斯無奈地看著戴爾。

「我很好奇他知道多少。」戴爾一臉不置可否地看著正在發出宏亮笑聲的史丹利。「我反倒比較清楚你的古物獵人事業，上電視感覺不錯吧？」

「古物獵人？」我好奇地看著賽勒斯。

「堪稱地下世界的印第安那・瓊斯，學者和博物館的頭號敵人。」賽勒斯自豪地說。「雖然我的本行是天竺鼠繁殖業者，不過平常都在各地亂跑蒐集賣給有錢人的古文物。」

「聽起來不太合法。」我不禁皺起眉頭。

「我最愛冒險了，反正錢花不完。」賽勒斯轉身繼續和其他人交際。

「巴特勒一家的作風。」戴爾挽住我的手臂。「相處一陣子會習慣的。」

「要去樓下嗎？」我趁著沒人往我們的方向看時親吻他的臉頰。

「好吧，但願別太惱人。」

安東尼・戴維森果然和珍妮站在舞廳中央迎接我們，所有視線突然集中在我們四人身上。談話聲彷彿被按了靜音鈕消失無蹤，只剩舞台上正在演奏〈醉漢李〉[14]的小樂團唱得很高興。

「看來你們連訂婚派對都一併包辦囉？」戴爾瞟了安東尼一眼。

「我倒想問問你們的感情生活。」安東尼露出那張招牌欠打笑容。

「我能到外面避嫌嗎？」這種尷尬場面簡直是我上輩子做了一卡車壞事才會得到的獎賞。

「留下來，榭爾溫，我總得當個仁慈的女人吧。」珍妮愉快地看著我。「你不會後悔的。」

「感謝妳的仁慈。」看來記者得好好感謝我們。

舞台上的〈醉漢李〉準備進入整首歌的高潮，鼓聲模仿槍響連擊後便是驚天動地的尖叫，如果真是由尼克・凱夫與壞種子樂隊的吉他手碧萊克沙・巴格（Blixa Bargeld）來叫就完美了。

然而我卻聽見那陣連擊中似乎夾雜真正的槍響。

「……好像是上面傳來的。」戴爾緊張地看著我。

「凱斯！」我立即往樓上狂奔。

當我衝進天竺鼠選美賽會場時，那裡正充滿淒厲尖叫。我推開人群抵達後台，裡頭仰躺眼神空洞的史丹利・巴特勒。

凱斯・洛文佇立一旁，右手緊握一把左輪。

14 〈醉漢李〉（“Stagger Lee”）原是十九世紀美國民謠，講述原名Lee Shelton（1865-1912）的罪犯槍殺William “Billy” Lyons的故事，小說中提到的則是搖滾樂團尼克・凱夫與壞種子樂隊（Nick Cave and the Bad Seeds）的版本。

第四章　家中之家

「不是我做的。」凱斯漠然望著四周，握住槍的右手正猛烈顫抖。

「這是怎麼回事？」賽勒斯．巴特勒慌張地從會場外頭跑進來。「只不過上個廁所怎麼就天下大亂了？」

「他……巴特勒先生好像已經……」糟糕，我快吐了。

「啊啊——抓住他——」賽勒斯發出歇斯底里的尖叫。

會場保全衝了過來，凱斯．洛文把槍甩到一旁後整個人像石化般一動也不動地被拖出後台。

「快叫救護車！」我抓住賽勒斯的肩膀。「你叔叔被槍擊了！」該死，這下真的會吐出來。

「我知道我知道！」賽勒斯猛力推開我。

「真的不是我做的……」凱斯依舊面無表情地喃喃自語。

「槍在你手上你還他媽的想否認！」一個保全把他摔到椅子上，正準備從他頭頂猛敲一記時，戴爾正好走了進來。

「報警沒？」他抓住保全的手反轉讓那傢伙痛得大聲哀號。

「有，警方正在趕來……」史丹利的祕書紅著眼放下手機。「怎麼會這樣？」

「糟糕，要是洛文來了的話……」我跑到戴爾身旁。

「他鐵定會抓狂。」戴爾瞇眼看著史丹利的屍體。「但這下更糟，史丹利的靈魂恐怕無法記得自己。」

「啥？」我連忙轉頭往屍體的方向看，一陣噁心逼著我往廁所狂奔最後跪在馬桶前大吐特吐。幾分鐘後，戴爾出現在我身旁揉著我的肩膀。

「史丹利不幸轉變成慾者，這下連詢問他案發時的情形都無法，帕克先生大概沒多久又要來找我除靈了。」他遞給我一疊衛生紙和一瓶礦泉水。

「你不覺得恐怖嗎？」我接過衛生紙猛擤鼻涕。「他就這樣死了！而且凱斯還……」

「我正在思考，榭爾溫，現在不是歇斯底里的時候。」他咬著下唇瞥了廁所外逐漸增加的人群一眼。「我也很難過。他是個老好人，雖然總是管不住那張大嘴巴。」

「唉……今天真是倒楣到極點！」我靠在洗手台旁喘氣，卻隨即聽到熟悉的音色傳來。暗影？

「別攔著我！」暗影憤怒地想從警衛手中逃出。「惡魔！牠們來了！」

「對了，凱特呢？」戴爾想起什麼似地抬頭看著我。

「對耶……還有那個黑衣小子。」我竟然忘記凱特了。「快去找他們！」

「你們兩個不是人的東西！」暗影終於發現我們了。「你們作惡多端的同類已在摩拳擦掌！」

「你到底是怎麼跑進來的？還有上次那個……」我不耐煩地瞪著他。

「你幹嘛問自己就知道的事！」暗影隨即被守衛拖回樓下。該死！我正要問他那條項鍊的事情！

「他們不見了！」戴爾跑了過來。

「怎麼可能？」喔不，這下我絕對會被洛文宰掉。

「有人看到凱特和那個黑衣年輕人大約在槍響傳出的五分鐘前離開會場……」他惱怒地捏著西裝外套。

「該死！」我用力槌了門框一下。「不……我不相信凱斯會這麼做……」

「這裡怎麼亂成一團？」安東尼．戴維森悠哉地走來。

「有人死了！」我對他大吼。

「真假？」

「史丹利．巴特勒剛才被槍殺了。」戴爾毫無抑揚頓挫地回應他。

「史丹利……死了？」安東尼一屁股坐進走廊沙發。「我也寄了邀請函給他！他怎麼會在這裡？」

「顯然你沒事先調查這棟飯店今天的所有活動，對一個眾星雲集的餐會來說，這種準備一點也不及格。」戴爾白了他一眼便走回會場安慰嚎啕大哭的賽勒斯。

「那又不是我的工作！是老鮑負責的！」安東尼竟然耍起脾氣來了，不愧是未經世事的紈褲子弟，但我卻瞥見他的雙眼快速閃過一道紅光。

（惡水盆地，死亡谷，加州）

「哇喔，我一直想來這裡旅行。」蘇洛對一望無際的鹽灘發出讚嘆。

運輸機載著他們和三位醫護人員降落在鹽灘附近的山坡上，前方地表逐漸浮出一條發光的跑道，顯然那堆科幻電影還是頗有參考價值，但真不知道是政府刻意還是不經意的洩密。

「現在你夢想成真了。」宅詹跳下擔架回應他，一陣劇痛隨即讓他痛苦地跌坐回去。

「你看看你，把他打成這樣。」蘇洛白了吳亨利一眼。

「我哪知道？」吳亨利把一個醫護人員拖過來。「快檢查他哪裡受傷了。」

「可能有根肋骨斷了！」宅詹氣得想踹他一腳。

「你想傷更重嗎？」吳亨利抓住他的腳。「安份點！」

「嘖嘖，果然裂開了。」醫護人員拿著一台和電話簿差不多大小的儀器從宅詹上半身掃過。

「金先生目前無法戰鬥，繼續亂跑亂撞肋骨真的會斷掉喔。」

「幫我打止痛藥，南森（Nathan）。」宅詹火速拉住醫護人員。

「別逞強，隊長，你可是負責發號施令的人。」名叫南森的壯碩醫護人員對他搖搖手指。

「整隊的腦袋沒了會兵敗如山倒喔。」

「我說幫我打止痛藥！」

「唉，又來了。」南森垮著臉抱怨。「明明目睹過悲劇發生又愛逞強，麻煩死了，探員都一個樣。」

「他那是什麼意思？」蘇洛狐疑地翹起眉毛。

「特殊部門抓我們時的事情。」吳亨利一邊抓住正在掙扎的宅詹一邊回應他。

「亨利一開始就把當時的隊長做掉了。」林瑪莉走過來倚在吳亨利背上。「接著是阿宅的師父。」

「還有其他幾位探員，你們當時幾乎殲滅整個外勤部隊。」南森拿出針管插進宅詹的胸口，這讓他慘叫一聲並再度失去意識。「對了，你們有跟拉丁帥哥解釋外勤部隊嗎？」

「還沒，連那隻新鬼都還不知道。」林瑪莉往路易的方向指去。

「我看不見鬼，瑪莉。」

「但她也是鬼啊！」蘇洛驚訝地指著林瑪莉。

「她已經堪稱怪物所以不算囉。」南森扭著屁股走掉。

「你好像煞到他了。」路易憋笑著飄過來。

「走開啦。」蘇洛差點把他打飛。「回到正題，外勤部隊是怎樣？」

「整個特殊部門有很多探員，但其實只有一支負責戰鬥的外勤部隊，也就是我們，其他則是分散在各地分部的情報員，像宅詹這種從情報員轉外勤的算是少數。」林瑪莉拿起放在運輸機上的一本手冊翻閱著。

「也是，這傢伙比較適合坐在電腦前。」蘇洛戳了正在悠悠轉醒的宅詹一下並獲得他的狠瞪。

「上一代的外勤部隊只剩下海嘉和伊迪絲那兩個怪物，原因你已經知道了。」瑪莉繼續翻閱手冊說道。

「都被你們幹掉了？」路易露出毫不意外的表情。

「是的，再加上經年累月的折損，比方說冷戰時期諜報組織之間的對抗，但一九九四年那次對特殊部門來說的確死傷慘重。」林瑪莉放下手冊回應他。「這也是我和亨利無法脫身的原因，唯一好處大概是在這兒工作不用繳所得稅吧。」

「這點我同意。」南森繫上安全帶回應她。「還有看好你們隊長，別讓他動得太激烈。」

「恐怕很難。」吳亨利瞟了宅詹一眼，隨即起身幫林瑪莉穿戴好裝備。

「真甜蜜。」蘇洛繼續玩著惹毛刺蝟頭的無聊遊戲。

「管好那張嘴不然我就把它縫起來。」

艙門緩緩降了下來，五位探員戴上安全帽大步跨出運輸機，任由熾熱乾燥的空氣竄進所有活人的鼻腔。幾位技術人員帶來一位驚慌失措的國家公園管理員向宅詹報告目前的狀況，他面帶恐懼地指著鹽灘上的幾道人影。

「可能是凌晨發生的事情。」宅詹對其他人說。「已有七名平民受害。」

「那些是什麼？海市蜃樓嗎？」蘇洛感到一陣毛骨悚然，定睛一看後赫然發現那些在鹽灘上的似乎不是人影，而是幾根巨大的鹽粒結晶。

「受害者。」宅詹揮手示意技術人員帶著可憐的管理員躲進運輸機。

「別跟我說那些人被惡魔變成鹽巴雕像了。」

「基本上正確。」

「但……但怎麼會……」

「我們就是來查明這件事的，蘇洛，請把手上的探測器拿給我。」他指了指蘇洛從運輸機上捧下來一台貌似汽車電池的詭異機器。

「我比較好奇受害者家屬會不會收到通知……」

他們小心翼翼接近氣味濃重的鹽灘，那幾根鹽柱似乎有顏色透出，蘇洛走近幾步後不禁皺緊眉頭。

那些人被包在裡面而且正在融化。

「呃……幹……」他差點跪下來嘔吐。

「你該不會要吐了吧？」就算隔了一層安全帽，全世界都知道吳亨利正在愉快地嘲諷他。

「媽的冷血生物，這有夠可怕好不好？」蘇洛生平第一次想躲在別人背後。「欸阿宅你有找到什麼嗎？」

「地上有台被鹽包住的相機，看來這群人是半夜來拍攝星空的。」宅詹蹲在地上檢視著。

「然後遇上把他們變成這樣的東西……喔，探針動了，看來那個超自然物體在這留下相當強烈的臭跡。」他指著探測器說道。

「搞不好相機也有問題。」林瑪莉拿起被鹽包住的相機，瞇眼看了看觀景窗，隨即發出嫌惡的嘖嘖聲把它摔回地上。

「妳看到什麼？」宅詹走向正在拼命剝掉鹽粒的林瑪莉。

「他們拍到了那東西！」安全帽裡傳出緊張的叫聲。

「妳沒事吧？」吳亨利連忙抓住她的手。

「那東西看起來好可怕！」

「欸……各位……鹽柱好像在動……」蘇洛現在只想夾著尾巴逃跑。「我該不會第一次出任務就碰上大尾的吧？」

「準備好武器！」宅詹舉槍對準從根部開始微微發顫的鹽柱，一些粉末從柱子上被抖落下來。「林瑪莉和路易，你們負責保護運輸機！」他對兩個鬼魂大喊。

「恭敬不如從命。」林瑪莉扭了扭脖子化為一道綠光飛到運輸機旁，伸出巨大指爪挺立機身前，獅鬃毛般的尾巴在空氣中上下飄著。路易・拉森跳上飛機警戒地四處張望，當他看到鹽灘遠處走來一個模糊的黑色身影時，他大叫著往那個方向指去。

「有人走過來！看起來像……一個神父？」

「神父？這通常不是好事。」宅詹領著其他兩人快步走出鹽柱群，鹽柱發出劈啪聲從地上拔起，柱身伸出觸手狀的四肢緩緩移動。

蘇洛看見被封在鹽巴裡的人體已變成一灘暗紅色物質，融化的血肉在鹽柱中快速形成樹枝狀網絡。他感受前所未有的恐懼，手指下意識地想抓住父親的護身符，但那條項鍊現在卻被皮外套牢牢隔絕在內。

「噁！神父有半邊是爛掉的！」路易・拉森尖叫著滑下運輸機。

「探測器快壞了！」宅詹看著即將爆表的探針大叫。

七根長了手腳的鹽柱朝他們直衝而來。

吳亨利一馬當先衝上前打爆一根鹽柱，封在裡頭的血肉連同骨骸噴了出來。

「半邊爛掉的神父就是惡魔！」林瑪莉對逐漸接近的不明物體發出隆隆怒吼。運輸機裡傳出槍響與慘叫聲。

「該死！剛才那批人有問題！」宅倉惱怒地大吼，順便開了幾槍打穿試圖抓住他的一根鹽柱。

「這下該怎麼辦？！」蘇洛一邊開槍一邊對他吼回去。

「總得有人去看裡面發生了什麼事！噢！」宅倉閃過一根鹽柱後痛苦地跪在地上。

「阿宅！」蘇洛連忙衝到他身旁。

「把他帶走！」吳亨利擋在他們與鹽柱之間。「你們先去救飛機裡的人，我來負責這些怪物！」

「半邊爛掉的神父越走越近了！該先發制人嗎？」路易拔槍喊道。

「不！別貿然攻擊！守住飛機別讓任何東西跑出來！」宅倉忍住劇痛回應他，就在他和蘇洛準備踹開機門時，一坨貌似人類殘骸的東西直接衝破機門噴了出來。

「抱歉隊長，那個管理員早就被附身了！」滿身是傷的南森拿著一管火箭砲對他猛道歉。

「他讓所有人產生幻覺自相殘殺，我很抱歉我太慢發現……」

「至少你有脫離他的控制……」宅倉努力站直身體，滿艙屍體讓他絕望地瞪大雙眼。

「隊長！鹽柱全被消滅了！」滿身血肉的吳亨利跑了過來，也同樣看著屍體說不出話。

半邊爛掉的神父只距離他們不到十呎，他舉起腐爛的雙手在空中揮舞，潰亂不堪的鹽柱瞬間全都浮了起來。

林瑪莉怒吼著飛奔過去。

當她即將抓住半邊腐爛的神父時，附近的山丘突然噴射出兩道火焰將他們包圍，下一秒即是恢復人形的林瑪莉滿臉痛苦地從火焰裡被彈出來。

半邊腐爛的神父在烈焰裡哀嚎，空氣中響起一陣沒人能解讀的話語後便再也看不見那恐怖的傢伙。

「這是怎麼回事？」吳亨利氣憤地瞪著火焰噴出的方向。那裡走出兩個人影，轉瞬間出現在他面前，這讓他驚訝地舉起槍管卻突然無法動彈。

「你們是誰？」宅詹不顧疼痛衝向前，兩個身穿斗篷頭戴面罩的人影抬頭看了他一眼。

「這只是開端，惡靈已降臨人世。」其中一人似乎是位女性。

「什麼？」

「我們是暗影的門徒，一切線索就在紐約。」她在宅詹面前揮手一下後便與另一人消失在空氣中。「你傷得很重，快去治療吧。」

宅詹倒了下去。

「欸圖西！這裡是外勤部隊！現在遇到大麻煩需要支援！」吳亨利衝進機艙抓起沾滿血跡的對講機大吼。「有探員受傷，機組人員看起來都掛了！」

「怎麼會這樣？」艾倫・圖西的聲音從話筒爆出。「該死！快叫海嘉過去支援！還有叫伊迪絲別磨蹭了快點回來！」顯然這下真的大事不妙。

「我有幸知道妳親生父母的死因嗎？」伊迪絲・查瑟坐在蘇洛凌亂的公寓裡望著愛琳。

「為何？妳是政府密探對吧？但為何想知道我親生父母的事情？」愛琳撿起破盆栽回應她。

「愛琳・德瓦（Elyn Deval），那不只是妳原本的名字。」伊迪絲定睛看著她。「妳可是愛琳和法蘭西斯（Francis）唯一的孩子。」

「你們果然神通廣大，但我對親生父母的事並不清楚，我只知道他們多年前在東德被當成間諜殺死而已。」

「他們是我的同事與摯友，歐哈拉小姐。」伊迪絲站了起來。「那並不是他們死去的真正原因。」

「如果妳知道為何還要問我？」

「因為我仍在尋找答案。」伊迪絲從胸前口袋掏出一張照片，那是她在猶太博物館打敗那隻惡魔時順便摸走的。「妳追蹤探照燈石油公司的醜聞不只能揭發他們的骯髒過去，還能找到殺死我朋友的兇手。」

「妳是怎麼……」愛琳瞪大眼看著那張照片。

「有時命運就像團糾纏不清的毛線球，每條線都彼此纏繞。」伊迪絲撫著她的肩膀說。「我以為自己找出一條線結果卻拉出更多，而且還意外找到了妳，知道妳還活著我真的很高興。」

照片中有對身穿黑色皮外套正在開懷大笑的年輕男女，男孩留了兩撇像克拉克・蓋博[15]的性

15 克拉克・蓋博（Clark Gable, 1901-1960）是美國著名影星，主演電影《亂世佳人》（*Gone With the Wind*）。

感小鬍子，女孩則有一頭褐色短捲髮與巧克力色的雙眼。

她和愛琳有著一樣的笑容。

安東尼的祕書老鮑遞給我一杯熱茶，隨即不安地看著混亂直搖頭。警方在史丹利遭到槍擊沒多久就趕來了，當然也包括臉色慘白的洛文警官，那群老同事圍在他身旁議論紛紛，有些開始抱怨起這幾年的青少年犯罪。

「他們又提起科倫拜校園事件[16]了？」坐在一旁的戴爾不禁皺眉。

「看來是這樣……」不知是因為早上吃壞肚子還是目睹史丹利靈魂轉化的過程使然，我的胃仍在隱隱作痛。

「凱斯會被馬上歸類到大眾習於貼上標籤的一群。」他的左手在我受過槍傷的膝蓋上揉著。

「若是他那位黑衣朋友也參與其中，媒體很快又會製造出新一代的艾力克·哈里斯與狄倫·克萊柏德。」

「校園中的邊緣族群，還喜歡金屬樂與自殘，媒體鐵定會愛死他。」我惱怒地捏著鼻樑。

「但現在連不知去向的凱特也可能被捲入其中，事情顯然會變得更棘手。」戴爾看著朝我們

16 科倫拜校園事件（Columbine High School Massacre）是一九九九年於美國科羅拉多州發生的校園槍擊案，造成十三名師生死亡與二十多人受傷，這個事件在當時社會引起對槍枝文化、校園霸凌，甚至是暴力電玩與流行樂是否會鼓吹犯罪的討論。嫌犯艾力克·哈里斯與狄倫·克萊柏德（Eric Harris and Dylan Klebold）就讀科倫拜高中，在犯下槍擊案後自殺。

走來的洛文說道。

「我很想揍你一拳，但我沒權利這麼做。」洛文的聲音空洞到讓我寒毛直豎。

「我很抱歉，我應該要看好他們。」我多希望他現在就揍我一拳。

「不，那不是你的錯，哈雷，但我實在無法相信凱斯會這麼做……」

「他說那不是他做的。」我依然想說服自己。

「槍就在他手上。除非奇蹟發生，否則沒律師能在法庭上說服任何人吧？」洛文轉為惱怒地回應。

「等一下，洛文。」我突然想起一件事。「凱斯是左撇子還是右撇子？」我幾乎要拉住他的領帶大喊。

「……什麼意思？」洛文彷彿大夢初醒般瞪著我。

「凱斯是左撇子還是右撇子？」

「左撇子啊，怎麼了？」

「我衝進案發現場時，凱斯是用右手拿槍的。」

「但情急之下就算不是慣用手也能近距離擊中目標。」洛文抬起眉毛但又瞬間垮下。「我這次無法參與辦案，但我會跟負責的同僚說，我得趕快找到凱特……謝謝你。」他拉起外套領子走回那群警察中，鼻子已微微發紅。

「走吧，榭爾溫，得趕快離開這裡。」戴爾指著樓下那群嗜血鯊魚與他們那堆煩人的攝影機。

「我知道，趁那群公眾人物被包圍時趕緊開溜。」我深呼吸一陣後站了起來，但賽勒斯此時卻擋在面前不讓我們離開。

「瞧瞧你幹的好事！」賽勒斯指著我破口大罵。

「等一下巴特勒先生，這可不是我的……」

「人是你帶來的！」

「別這樣，賽勒斯。」戴爾擋在我和賽勒斯中間。「這不是榭爾溫的錯，況且還沒有確切證據能證明那孩子殺了你叔叔。」

「你他媽在說什麼？你腦袋壞掉了不成？槍就在他手上！」賽勒斯抓住他的衣領大吼。

「放開他！」我急忙衝向前把他們分開，但戴爾竟然沒任何反抗，直到我把賽勒斯推開他都還呆立原地。怪了，他平常都會痛扁所有試圖抓住他領子的人啊。

「你們在幹嘛？」老鮑驚慌地跑過來。

「我們要離開了，鮑德曼先生。」戴爾一臉漠然地對安東尼的祕書羅伯‧鮑德曼（Robert Boldman）說。「還有請好好教育你那老闆什麼叫責任感，或是讓他去上個情緒管理課程也好，那傢伙根本長不大。」然而我卻聽見戴爾不斷在我腦中告訴我安東尼感覺有些奇怪。

「唉，我能怎樣？公司是他家開的。」老鮑無奈地搓著他那顆大禿頭。

「你剛才到底怎麼了？」回到車上後，我擔心地看著正在撫摸凱斯那兩隻天竺鼠的戴爾。

「為何這樣問？」他瞥了我一眼。

「你剛才沒把巴特勒推開。」我一邊發動車子一邊對他說。

「他已經快崩潰了，最好別那麼做。」戴爾若有所思地看著那兩隻過於乖巧的天竺鼠，看來比賽用的天竺鼠好像都比較遲鈍。

「好吧。」我試圖冷靜思考，但剛才發生的一切實在讓我難以平靜下來。

「但你剛才向洛文說的是真的嗎？凱斯不是用慣用手拿槍？」他拉住我的外套問道。

「我衝進後台時看到凱斯用右手拿槍，但洛文卻說他是左撇子。」我努力回想那時看到的所有畫面。那是在舞台左側，一個有著小門只能容納兩三人的小空間，史丹利當時身中數槍仰躺在那，身下壓著一條皺掉的波斯地毯，凱斯則站在門的對角處望著所有人……等等，地上還有其他血跡嗎？凱斯要是開槍的話一開始就站在那嗎？史丹利是否直接就死在那裡？還是逃竄到那才被殺死？

「你已經開始推敲起來了？」戴爾望著我眉頭深鎖的樣子不禁露出微笑。

「……我多希望那不是凱斯做的。」我差點忘記自己正在開車。

「我也這麼希望，但如果把這當成前提思考也不行不是嗎？」他在紅燈時湊向我，我萬分感激車窗上貼了厚厚一層深色貼紙。

「但願調查結果會扭轉一切。」我任由他的手指在身上愛撫，直到修剪完美的手指碰觸西裝褲拉鍊時才抓住它們。「嘿……我正在開車。」

「我知道，但你剛才忘記把拉鍊拉上了。」

「等等，我從廁所出來後就忘記拉拉鍊？」

「顯然是你吐完又回去上廁所時忘了，我也是現在才發現。」戴爾無奈地幫我把拉鍊拉回去。

「希望沒被看到。」

「剛才亂成一團大概沒人留意，不過暗影突然冒出來倒是嚇了我一跳。」他繼續摸著那天竺鼠彷彿那兩隻小可愛能安定情緒。

「我也是，而且我剛才本來還想問他那條項鍊的事情，但他一下就被趕出去了。」我捏著方向盤回應他。「明天我一定要親自到你公司樓下問他。」

回到霍特伍德莊園後，我們彷彿見證了動物行為學上的奇蹟。咪咪和格姆林正在幫那兩隻地獄來的天竺鼠搥背。

「這真是他媽的不可思議。」我不禁看著牠們搖頭。

「而且變成那樣還能打電動。」戴爾白了那兩隻一邊享受馬殺雞一邊敲打任天堂把手的天竺鼠一眼。

「怎麼啦？一臉家裡死人的樣子。」法蘭茲一如往常地無禮。

「剛從兇案現場回來。」我實在不想搭理牠。

「你跟犯罪好像特別有緣啊，殿下。」路德放下把手爬到我腳邊，隨即扭動鼻子好奇地盯著戴爾手上的紙箱。「嘿，淫夢魔，裡頭有什麼？」

「真正的天竺鼠，還有別這樣叫我。」戴爾狠瞪牠一眼。

「嘖嘖，那是你的本性，別跟我說你沒感覺力量正在恢復。」路德一臉狡猾地說。

「我不知道你在說什麼。」他高傲地看著那隻披著天竺鼠皮的抹滅者。

「相信我，淫夢魔……不，應該說淫夢魔軍團的首領，你會慢慢理解。」路德爬回沙發繼續打電動。「就像殿下一樣，不過殿下現在的力量比你還不穩定就是了，簡直像條接觸不良的電線。」

「我實在不想理牠們。」戴爾放下紙箱後對我說。

「我也是，整天殿下來殿下去的有夠煩。」我趁機把他拉進懷裡。

「如果你是來自地獄的王子，那牠們兩個侍衛看起來也未免太不相襯。」他瞇起眼緊貼我的胸口。

「我恐怕更像白雪公主吧，每天都被動物包圍，只差不會對牠們唱歌。」我多希望能忘記剛才的悲劇。

「有件事我想告訴你，榭爾溫，我們能回房間嗎？」他突然抓住我的手緊張地捏著。

「什麼事情？該不會是那兩個小混蛋在說的東西吧？」我開始擔心起那兩個抹滅者一天到晚在叨念的什麼過往力量之類的鬼東西，仍然害怕自己和戴爾有天會成為真正的怪物。

「不，跟賽勒斯・巴特勒有關。」

（特殊部門總部，內華達州）

海嘉・曼恩面色凝重地檢視屍身上的傷口，當她走近國家公園管理員的殘骸時不禁皺眉發出碎念。

「怎麼了？」蘇洛鼓起勇氣開口。好在停屍間裡沒半個靈魂，不然他絕對會落荒而逃。

「被惡魔附體過的人眼睛會產生變化，但最有問題的傢伙連頭都沒了要怎麼檢查？」海嘉脫下橡膠手套走出停屍間，蘇洛連忙緊跟在後。

「什麼變化？」他好奇地繼續追問。

「光芒，親愛的迪亞哥。」海嘉走出殺菌室後說道。「他們的眼睛會發出微弱紅光，在暗處尤其明顯，就算被附身者已死也還可能看得見這種不祥的閃爍，這比中世紀那群宗教裁判官在可憐的被告身上尋找半天的邪惡符號或發育過剩的毛髮準確多了。」

「原來，我過去沒跟老爺處理過附體案件所以從沒見識過，還有我說過別隨便叫我名字！」蘇洛想起過去幾年間他似乎只有幫忙把戴爾載到目的地而已，那個聒噪又白目的榭爾溫才是老爺的最愛。

「那就是你的名字不是嗎？還是你不愛這名字？你總不會要每個和你上床的女人都喊你蘇洛吧？」

「噁心死了妳這歐巴桑！那是我失蹤的老爸取的然後我討厭我爸！滿意了嗎？」蘇洛對她扮了個鬼臉，不幸在轉角撞上滿面愁容的吳亨利。

「閃開！」吳亨利把他一把推開。

「不會說聲抱歉啊！」蘇洛差點揪住他的領子大罵，但隨即對他的糟糕臉色感到不妙。

「呃……阿宅還好嗎？」

「還活著，剛從手術房被推出來。」吳亨利頭也不回地走回房間。

「你很在乎阿宅對吧？」

「屁！」

「看得我都膩了。」海嘉聳肩說。「已經十年了還是這副德性，就連林瑪莉都比他們成熟百倍。」

「對喲，你們當時把刺蝟頭和小妞抓回這裡。」蘇洛指指吳亨利的背影。

「當時整個部隊幾乎陣亡，我和伊迪絲也差點招架不住。宅詹當時也在場，他在我同事被殺後陷入崩潰，但至少成功制服了吳亨利而且還痛扁他一頓……你不會想見識的……像瘋子一樣，吳亨利大概就是被那份瘋狂深深吸引吧。」

「看來想吐槽他們的不只有我啊。」蘇洛毫無良心地竊笑。

「我們當了那三個小鬼的褓姆好幾年，各種辛酸是很難一語道盡的，我們還得不時充當他們的心理諮商師甚至健教老師。」海嘉回憶起那些場景不禁苦笑。「當我這歐巴桑被殺人無數的小毛頭追問各種青春期煩惱時，我都好擔心會不會給他一堆錯誤觀念。」

「宅詹不是大他七歲嗎？叫他來教不就好了？」蘇洛本來還想開個有關亞洲人的糟糕玩笑，最後還是選擇把嘴閉上。

「他一開始根本不理吳亨利，而且圖西硬把他們關在一起後他更討厭那小子，直到有天他一臉慘白外加褲子上都是血從房裡逃出來時，我和伊迪絲才逼圖西把他倆暫時分開。」

「靠！刺蝟頭對他做了什麼？」蘇洛被口水嗆得不停咳嗽。

「應該是問他對刺蝟頭做了什麼，那不是他的血。他們打了一架卻不肯告訴我們原因，而且那天他們房裡的監視器全被弄壞了，我們也不知道事情經過。」海嘉懊惱地嘟起嘴。「之後就像你看到的那樣，天知道他們發生了什麼事，不過既然他們不想說就算了，活兒還是得幹。」

「你們真的需要心理醫生……雇來的或綁來的都好……」

吳亨利坐在床上呆瞪冰冷的金屬牆壁，最後惱怒地起身，順手抄起一個鋁罐往診療間走去。病床上躺著正在適應強光的宅詹，他聽見開門聲時差點跳了起來，但麻醉褪去的暈眩讓他呻吟著倒回床上。

「糗大了。」吳亨利坐在一旁對他說。

「圖西先生肯定會罵我們一頓。」宅詹閉眼回應。

「那不是平常亂七八糟的小魔鬼……還有那兩個突然冒出來的傢伙，得快點查出他們的身分。」

「暗影……他們說自己是一個叫暗影的人的門徒。」宅詹總覺得在哪聽過兩位救星的聲音，那讓他瞬間感到一絲暖意，卻又隨即被排山倒海而來的恐懼熄滅。

「還有線索就在紐約？這代表我們又得出遠門了……真不想睡在你那垃圾山一樣的公寓裡。」吳亨利把病床調高後遞給他一份文件。「不過壞消息是圖西聽了我的報告後的確准許我們去一趟紐約順便把伊迪絲拎回來，她不知為何從柏林跑到那還嚷著又碰上惡魔之類的，還有……」他露出猶豫的神情。

「還有什麼？」

「還有我很抱歉，不該在訓練時打傷你。」一共兩次，吳亨利默數著，第一次是和他扭打時揍了他的肋骨好幾拳，第二次則是朝他胸口開槍，宅詹還堅持要跟那群鹽柱大戰三百回合還真是服了他。

「你總在訓練時玩過頭，下次請找別人開刀好嗎？」

「做不到。」

「那就別跟我道歉。」

「能跟你對決是我的榮幸。」亨利輕拍他的深褐色短髮。「飲料我就放這，想喝就喝吧。」他指了指放在桌上的鋁罐。

「你知道我不會喝你給我的任何東西。」

「還在記恨嗎？都已經快十年前的事了。」

「你把我迷昏還五花大綁，我不想再經歷一次那種侮辱。」那是吳亨利和林瑪莉來到特殊部門不久後的事情，吳亨利故作好心在宅詹辦公時給他一罐飲料，不料喝下去之後就直接倒了，等到他醒來才發現自己被綁回房間動彈不得，吳亨利在一旁拿著電擊棒對他冷笑。

「我只是想知道你的底細而已，原諒我拷問人的方法吧。」

「我非常欣賞你拷問犯人時的樣子，亨利，但不包括用在同事身上……噢，這下可好我好想吐……」

「等一下！」吳亨利連忙把垃圾桶踢過來順便抓住他的肩膀不讓對方摔下床。

「……謝了。」宅詹不禁笑了出來。

「你是被打了麻醉劑還是迷幻藥啊？」

「我只是覺得我們像被關在一起等死的野獸。」宅詹一邊擦嘴一邊回應他。「到頭來也只能互舔傷口罷了。」

「什麼爛比喻？」吳亨利把垃圾桶踹回角落。「快恢復精神，我可不想扛你上飛機。」

宅詹看著桌上的鋁罐，第一次興起想打開它的念頭。

（霍特伍德莊園，紐約近郊）

我看著鏡中的自己想找出一絲不屬於人類的東西但徒勞無功，走出浴室後爬回床鋪抱住仍在從激情中恢復的戴爾。下午一回房間他就把我推到床上親吻，一邊告訴我他和賽勒斯・巴特勒在預備學校時的事情，這讓我驚訝到不行，幾乎想不顧賽勒斯當前的處境海扁他一頓。我們做了好幾次，就連那兩隻披著天竺鼠皮的抹滅者來敲門嫌吵也只能摸摸鼻子滾蛋。

「你這次有點粗暴。」戴爾對我嘆息。

「我真的……真的很抱歉。」我吻著他的臉頰想安撫他。

「你生氣了。」他試圖鑽出棉被但隨即被我拉回來。

「不是的，我只是很驚訝……好吧，是有點生氣，你竟然從沒告訴我你和那個巴特勒……」

「我很髒對吧？」戴爾摸了摸脖子上的咬痕看著我，這些咬痕現在只會停留幾分鐘就逐漸消失。

「別這樣說！」我只能把他抱得更緊直到他喊痛。「那不是你的錯！他是不知羞恥的人渣！

你不該被他這樣對待！」

事情發生在一間充斥富豪子弟的預備學校宿舍，戴爾當時和賽勒斯是相當親密的朋友，還愛上了那個放浪不羈的公子哥向他告白，但賽勒斯那個混蛋竟然馬上就想幹他的嘴巴，還把他逼到牆角甚至扯破他的衣服，而當時衝進來拯救他的竟是安東尼・戴維森，這世界簡直小到令人毛骨悚然。

「我對他已毫無感覺，只是多年後巧遇讓我想起這件事。」他趴伏在我身上，我心疼地搓揉濕潤的淺金色髮絲。「他因為家族裡的債務而發誓保密，否則我大可向我舅舅提起這件事讓巴特勒家提早崩潰，但我最無法原諒的人反而是安東尼。」

「但他不是救了你嗎？」我不解地看著他。

「雖然他揍了賽勒斯，但他事後告訴我他鄙視我這種人，巴不得我消失，我永遠無法原諒他。」

「天啊，他……安東尼那傢伙……」

「如果我能殺死一個手無寸鐵的人而不受懲罰，我第一個就會選他。」戴爾在我的愛撫下發出顫抖。「他說他會救我只不過是期望能從中得到好處……我真的好恨他。」

「但安東尼有講出這件事嗎？」我開始擔心起珍妮了，她那未婚夫果然不是什麼好東西。

「他也對這件事守口如瓶，當然只是利益使然罷了，我們這種人打從出生就在用各種骯髒的祕密做為籌碼活著，情感糾紛還只是小意思而已。」

「我對你受過的傷害感到很遺憾，而我也曾傷害你……」

「不，榭爾溫，你那時拒絕我總比侵犯我好吧？」這次換成他緊抱我不放了。

「我才不會這麼做好嗎？」

「我相信你不會這麼做，因為你最愛我了。」他終於露出笑容。「如果不介意能一起洗澡嗎？我想被你抱進浴室。」

「當然。」我感到一陣飢餓，也許洗完澡能叫個外送，但無論如何還是得打通電話給洛文，即使他再三告誡我們不准插手凱斯的事，甚至得知史丹利的靈魂無法提供情報便叮嚀同僚無論如何都不能聯絡我們。正當我們泡澡時，阿福難得地在浴室外頭敲著門。

「我猜你們會叫那種不健康的外送晚餐，所以先請園丁代勞了。」阿福穿過門板飄了進來。

「看來我們又欠史密斯先生一個人情。」戴爾連忙拿起浴巾遮住胯下。

「唉，光是他養子受的傷就夠我們賠償了。」阿福親暱地撫著戴爾的臉頰。「外頭來了個古怪的客人，現在正在驚嚇莊園裡的動物幽靈，再不快點他恐怕就要闖進來囉。」

「誰會這麼沒禮貌啊？」我趴在浴缸上看著他。

「他自稱暗影，來自巴西的驅魔師，你們認識這傢伙嗎？」

我和戴爾看了彼此一眼。

第五章　毛線球

暗影已經吃掉三份雞丁炒麵了，他走進霍特伍德大宅後攝取的熱量恐怕比我打球時的三餐加起來還多，至於動物幽靈們則對他的存在感到相當焦慮，彷彿移動寸步就會被巴西大叔一掌打成碎片，就連那隻喜歡在大宅裡搗亂的鴨子都逃了出去。戴爾相當仁慈地讓他洗了個澡，還吩咐阿福找套乾淨的衣服讓他換上，而我們現在正坐在沙發上欣賞暗影狼吞虎嚥的樣子。細看的話可以發現暗影並沒想像中蒼老，甚至可能比洛文警官還年輕，亂草般的黑色捲髮尚未吹乾而濕漉漉地塌在頭皮上。

「還需要吃點什麼嗎？」戴爾友善地遞給暗影餐巾，雖然他跟我一樣還餓著肚子。

「不，我來這只想找一樣東西。」不知是我的偏見還是事實，暗影看起來簡直像變老加上滿臉鬍渣的蘇洛。「但這裡有太多鬼魂讓我分心了。」

「牠們是友善的鬼魂。」戴爾似乎和我相同想法，也好奇地上下打量眼前這位來自巴西的驅魔師，我們之前很少有機會能好好觀察這傢伙。

「生死各有歸屬，別壞了規矩。」暗影用手背把食物殘渣擦掉，完全無視膝蓋上的餐巾。

「回到正題，我有個重要東西在這兒，之前借放只是方便追蹤你們這兩個不是人的東西，但現在有更緊要的事情。」

「是那條項鍊對吧？」我嘆了口氣。

「是的，那是用皮革加上我兒子的胞衣製成的。」

我馬上把項鍊掏出來還他。

「有這麼恐怖？」暗影差點笑出來，我相信他要是大笑鐵定跟蘇洛一個樣。

「呃……那是人體組織耶……」我應該要馬上去洗手，但這麼做實在不太禮貌。「你兒子該不會……」

「還活著，但我再也見不著他。」暗影把項鍊綁回脖子上。

「為什麼？」

「家務事最好別多問。」他白了我一眼。「感謝招待，我也該走了。邪惡正在蔓延，不選邊站到時就別怪我對你們動手。」他再度戴上那頂髒兮兮的帽子起身，順便低頭瞪視躲在角落的路德和法蘭茲。

「看三小？」法蘭茲用兩條腿站起來對他嗆聲。

「你們也是。」暗影頭也不回地踏出霍特伍德大宅。

「至少他把自己洗乾淨了。」我望著他的背影直搖頭。

「他真的很詭異。」戴爾的眉毛翹得老高。「他到底在尋找什麼？」

「他所謂的邪惡東西吧？看來我們暫時從他的黑名單消失了。」我突然想起安東尼・戴維森眼裡那道稍縱即逝的紅色光芒。

就像戴爾一樣，他們該不會都曾經是……

「你跟我想到同件事嗎？」戴爾抬頭看著我。

「安東尼？」我很想再次目睹戴爾眼裡的那道光芒，但他最近似乎學會如何控制了，不然會在做愛時讓我懷疑自己在演恐怖片。

「安東尼甦醒後給我的感覺非常詭異。」

「其實……在史丹利被殺後，我也在安東尼眼中見到那道紅光，就像你的眼睛一樣。」我終於把那件事說出來。

「什麼？」躲在牆角的惡魔天竺鼠突然驚呼。

「你們在緊張什麼啦？」我瞥了牠們一眼。

「殿下說的是真的嗎？」路德隨即變成一團煙霧恢復成抹滅者的巨大身形。「在哪看到的？」

「大學同學身上……只有一下子而已！」我被路德的反應嚇了一跳。

「普通惡魔無法辨識殿下，這絕不是巧合，不可能有隻惡魔就這麼剛好出現在你們身邊！」路德焦躁地在壁爐前踱步，法蘭茲看到同伴變回原樣也跟著原形畢露。

「如果是這樣你們要怎麼解釋我的情況？你們不也一直說我是……」戴爾指著自己發問。

「你是例外，淫夢魔，現在沒時間解釋。」路德伸出細長爪子在我們面前晃著。「哎呀真糟糕，這下得向陛下報告了。」牠看著壁爐裡的餘燼喃喃自語。

「那張恐怖大臉？我還真想打通電話到地獄叫那個宣稱是我爸的混帳別煩我們！」

「沒錯我們要打電話！」

「你們他媽在搞笑對吧？」我大概是血糖不足才會聽見這種胡言亂語。

「真的是電話，只要一通就能直達下頭喔。」法蘭茲拎起話筒撥了一串號碼，骨董電話上的數字轉盤馬上變成一堆詭異符號。「我想看看……如果不透過接線生應該是按這些吧……」

「記得加上分機號碼不然會打到別西卜家，他最討厭打錯電話了。」

「我知道我知道……」法蘭茲像人類在思考時一樣伸出舌頭舔著嘴唇（如果那個位置有嘴唇的話）並繼續撥出一串符號。

一陣淒厲尖叫從話筒爆出，我連忙捂上耳朵但卻無法阻止那個可怕的聲音如電鑽刺進腦袋，戴爾也露出痛苦的表情跌坐回沙發。

「接通了！欸……老大好像在忙耶。」法蘭茲把話筒遞給我，我再次聽見那張恐怖大臉宏亮的笑聲從話筒迸出，但聽起來……怎麼像答錄機的聲音？

「喝哈哈哈哈──這裡是墮天使之首兼地獄之王的辦公室！現在出門辦事去了！請在笑聲後留言喝哈哈哈哈──」

「……我一定是產生幻覺了。」我把話筒還給法蘭茲。

「相信我，之後會見識更多。」法蘭茲如果有眉毛看起來一定更欠打。「不過既然老大不在家，我們還是快點說明你們的力量好了，先學會怎麼用總比緊要關頭搞得像無頭蒼蠅。」

「你們要教魔法？簡直不敢置信。」我毫無期待地瞪著那兩隻抹滅者。

「別小看我們，雖然沒殿下厲害，但至少還知道點訣竅啊。」路德再次變回天竺鼠然後一溜煙爬到我的肩膀上。

「有包括把它變回去嗎？」戴爾指著電話機問道，數字轉盤依然是那堆神祕符號。

「好問題，我們可以試看看。」

「別鬧了法蘭茲，那變不回去啦。」路德幸災樂禍地笑著。

「我得吃點東西，不然會很想宰掉那兩隻披著鼠皮的怪物。」戴爾不滿地挨在我身旁。

（特殊部門總部，內華達州）

蘇洛再次從惡夢驚醒，他數不清這是第幾次夢到去年在榭爾溫腦袋裡看到的畫面。那個呼喚他的人到底是誰？為何會有人用葡萄牙語稱呼他的名字？那個他巴不得想遺忘的名字。

他扭開床頭燈想找水喝，卻意外把玻璃杯掃到地上。

「哇噢別跳下床！會受傷！」路易・拉森火速飛到他面前止住他的腳步。

「媽的嚇死人！」蘇洛被他嚇得縮回床上，隨即狐疑地直瞪著飄浮在空中的路易。

「怎麼？你是睡傻了不成？」

「你在……哭？」蘇洛指指他的眼角，那些半透明血液不是從眉心的致命傷口流下來的，而是從眼眶汩汩滲出。

「這個啊……這只是回憶湧上心頭造成的，經常發生。」路易輕描淡寫地回應，瞇起眼試圖集中精神讓血跡消失。

「你還好吧？嘿，大英雄？」蘇洛擔心地看著他，早已將剛才的惡夢拋到腦後。

「我還是……忘不了愛琳。」路易轉而瑟縮在天花板一角。

「你不需要這麼做，那是屬於你的記憶不是嗎？你不會想忘記自己。」

「我只剩下繼續救人這功能，我是個消防員，這本來就是我的天職，我不再有必要……記得自己是誰。」

「欸，你該不會被那個艾倫・圖西給洗腦了吧？」蘇洛正猶豫要不要告訴路易人類靈魂分類的事情。「你可是他媽的路易・拉森，會把女友名字刺在身上的那個路易・拉森，對家人與工作無私奉獻的老好人，一馬當先不顧危險的救難英雄，那就是你！」

「在我死後從來沒有人或鬼對我這麼說。」路易悲傷地笑著。「看來我從未坦然接受命運。」他飄回蘇洛身旁坐下。

「我知道這樣說很老套，但我發誓會代替你愛著愛琳。」蘇洛猶豫一陣後終於輕拍他的肩膀。

「不，那是你們的選擇，沒人有義務代替別人填補心中的缺憾……也不可能填補。」路易輕拍他的手作為回應。「我會祝福你們。」

「嘿，我們等會還要出任務，別講得一副馬上就要升天的樣子好嗎？」蘇洛倒回枕頭順便揮手把他趕出床鋪，路易恢復平常的輕鬆神態飄回對床繼續看書，但沒幾分鐘，他們的悠閒時光就被宅詹打斷了。

「整裝出發。」宅詹看著滿地玻璃碎片不禁皺眉。

「你現在能動喔？」蘇洛小心翼翼地跳出房間。

「我已經沒事了。」

「屁蛋……還有你手裡拿的是什麼？」他指著宅詹右手捏住的圓柱形物體。「飲料罐？」

「補充體力而已，整理完就到外頭集合。」宅詹白了他一眼便掉頭離開。

「看起來像吳亨利會拿給他的東西。」路易拎著裝備飄來。「我曾經溜進他的辦公室，裡面有堆沒開封的飲料像座小山一樣。」

「但他這次喝了？」

「天曉得，他們倆真讓人猜不透。」

「你也覺得他們很可疑？」

「當然。」

「哈哈，看來我又多了個吐槽盟友了。」蘇洛幸災樂禍地望著宅詹的背影。

吳亨利只穿著四角褲呆坐床邊，林瑪莉早已整裝完畢正準備踏出房門。他們平常是不會在宅詹與吳亨利共用的寢室裡做愛，這次剛好趁著宅詹躺病床而得到難得的機會。

「快點換衣服，就這麼想被阿宅唸喔？」林瑪莉回頭看他一眼。

「抱歉，剛才在發呆。」吳亨利滿臉通紅地搔著頭髮。

「我喜歡你那張簡直爽到天邊的蠢臉，但工作時間還是到了。」

「我知道，妳先到停機坪去吧。」他伸個懶腰起身，但連褲子都還沒套上時宅詹就已經站在他背後了。

「下次別送可樂。」宅詹把空鋁罐遞給他。

「因為我老是買錯嗎？」吳亨利顯然是故意的。

「我討厭可口可樂。」
「我喜歡可口可樂。」
「沒味覺的傢伙。」宅詹忍不住笑了出來，這讓吳亨利暗自鬆了口氣。

凱特・洛文睜開眼後發現自己被綁在一台廂型車裡，面前站著一臉愉快的彼得・薩根特正上下打量她。
「我弟弟呢？」她對黑衣少年怒吼。她只記得彼得想找她談談凱斯在學校被霸凌的事而獨自和他走到飯店門口，接著便莫名其妙地失去知覺。
「妳弟弟很安全，不過我有新消息要告訴妳，親愛的洛文小姐。」
「你到底想幹嘛？」
「啟迪妳。」彼得・薩根特的雙眼閃過一道微弱紅光。「我看妳為家人做了這麼多卻對那些過去一無所知感到難過，要是妳也知道一切，或許就能得到真正的自由。」
「你到底是誰？」凱特感到腸胃一陣翻攪。
「當然是你弟的朋友啊，他要我來轉告妳他無法親口說出的真相。」彼得撫著她的臉頰，一些影像逐漸在她的眼前浮現。
「不！停下來！不——」凱特不斷掙扎想擺脫那些影像，這讓她無法克制地尖叫，最後化為絕望的哭嚎。

「人類果真是群軟弱的東西！欺瞞、背叛與貪欲就是你們與生俱來的下賤本性啊！」彼得笑得像個瘋子一樣。「在我看來簡直是最棒的玩具！」

凱特像斷線的傀儡垂下腦袋，但又隨即抬起頭茫然張望著。她的情感已全數死去，腦海中只剩憎恨猛烈燃燒。

「罪人必須接受懲罰。」她緩緩說。

「演出時間到了，這裡就是最好的舞台。」彼得・薩根特憑空變出一根木杖，尖端閃爍紫藍色火焰並散發硫磺燃燒的氣味。

（費城，賓夕法尼亞州）

達娜・姜生・洛文被鍋緣燙了一下，她連忙用發紅的手指捏住耳垂，隨之而來的門鈴聲讓她感到更焦慮。

三年了，就連洛文這個姓氏也變得陌生，她走出廚房時想著。自從向丈夫坦承後，她一直無法原諒自己在十七年前犯下的過錯，如果對自己誠實是種過錯的話。但逃離並不是最好的方法，而她一直都在試圖逃避事實的存在。

那個牛皮紙袋一直深鎖在書桌下的抽屜裡，裡頭裝著無可挽回的鐵證，但她從沒拿給丈夫看過，因為光是話語就足以摧毀數十年來的信任，白紙黑字只不過是這場悲劇的紀念品罷了。

「約翰？」她對門板開口，毫無期望會是約翰之外的人，那個放縱她鑄下大錯的傻子。

「是我。」洛文警官的聲音從門外傳來。「孩子們出事了。」

達娜感到寒意爬上背脊。

（霍特伍德莊園，紐約近郊）

「提起勁嘛殿下，您絕不會缺乏慧根。」路德和法蘭茲幸災樂禍地坐在人工湖畔看著我再次摔回草皮，附近還有推著除草機的史密斯父子正在欣賞這場鬧劇。

「我看起來像哈利・波特嗎？」我把掃帚往牠們的方向砸。

「那只是方便您集中力量用的！要是飛起來就好玩了！」路德天殺的飛到我面前，我第一次看到會飛的天竺鼠，這真是他媽的有夠恐怖。

「我已經相信自己瘋了，我竟然和兩隻會說話的天竺鼠在花園裡騎著掃帚想飛上天！」我哀號著倒回草皮。

「至少殿下知道自己能這麼做了啊！」

「我多希望這只是場惡夢！」

「來不及了，這絕對比惡夢糟糕百倍。」法蘭茲也大笑著飛到我面前。「不然換個方式好了，殿下要是無法把精神集中在物體上可以用抽象點的方式想像那股力量。」

「像是什麼？」我真不該相信那兩隻披天竺鼠皮的怪物，說什麼要教我使用被解開封印的惡魔之力（根據牠們的說法），然後就把我連人帶掃帚一起拖出大宅，要是多幾個像我一樣的神經病鐵定能打場魁地奇比賽。

「像是『使用原力，路克』（Use the force, Luke.）[17]。」

可惡，我真的好想把牠們扔進湖裡。

「還在進行你的魔鬼訓練？」阿福一臉漠然地飄過來撿起掃帚，雖然我懷疑他正在憋笑。「這真的很奇怪，我感覺不到你有任何成為通靈者的潛力，但卻隨時散發一股詭異力量，自從你和老爺從別墅回來就開始了。」

「那兩個小王八蛋說我的力量被封印將近三十年，直到在燈塔的槍戰時因為召喚出那個自稱是我老爸的怪咖才解開的。」我接過掃帚回應道。

「是的，我聽你們講過，但你和老爺到底變成了什麼卻完全無法解釋。」他舉起手做出暗影在達柯塔公寓時試探戴爾的動作，但絲毫沒有不適感出現。

「很怪對吧？戴爾之前也對我試過。」我瞪了正在奚落我的法蘭茲一眼。

「那麼那兩個抹滅者怎麼解釋你能聽見少爺想法的能力？」

「牠們說那不我……而是戴爾自己。」原來我根本不是能聽見戴爾腦袋裡在想什麼，而是他被救活後也重新獲得以前在地獄時的力量，也就是那兩個小王八蛋一直在說的淫夢魔。

他從前是個能讓人半夜做春夢的惡魔，這真是他媽的有夠諷刺。

不過戴爾目前還未精通傳遞思緒甚至影像給別人的能力，就像我也是偶然才能像短路的電器

17《星際大戰：曙光乍現》中歐比王的台詞。

一樣爆發這股奇怪的力量而且越來越嚴重。

我把掃帚扔回地上，試圖用那莫名其妙的念力魔法原力之類的鬼東西想把它變回手上，但下一秒卻是掃帚柄直接往我的臉上砸來。

好吧，至少我也會魔法了，該死。

「你聽起來不太對勁？」半小時後戴爾在電話另一頭問道。

「感謝那兩隻混蛋的魔法課，我現在需要冰敷。」我捏住鼻樑上的冰袋碎念。

「牠們該不會真要你去騎掃帚吧？」他笑了出來。

「沒錯！現在整座霍特伍德莊園都見識過我的蠢樣了！」我實在不想回想馬修和翠西亞幸災樂禍的表情，還有格姆林那該死的叛徒竟然也加入了這個名為「嘲諷榭爾溫・哈雷」的團體遊戲！

「但你有飛起來嗎？」

「有，離地一吋然後到處亂撞還差點衝進湖裡。」我嘆了口氣。「你現在覺得如何？知道我能聽見你的想法是因為你的力量使然後有辦法控制嗎？」

「恐怕要回家才能嘗試，總不能拿員工做實驗吧。」

我幾乎可以看見戴爾舔著嘴唇回應我的樣子。呃不，是真的看到了。

「你已經熟練了嗎？在這麼短的時間內？」

「你看見了？」

「看見你裸體跟我講電話還舔著嘴唇？是的我天殺的看見了！」媽的，褲襠越來越緊了。

「看來我比牠們想像中還學得快啊。」戴爾聽起來頗為得意，他學習新事物的速度本來就異於常人，其實我一點都不意外而且還為他感到相當高興。「還有……暗影今天沒出現，我懷疑他又跑去辦事了。」

「唉，希望不要是插手我們今晚的工作。」

掛上電話後我狼狽地走進浴室瞪著掛鉤上的毛巾，手裡緊握的成人雜誌快被捏爛，最後只好選擇把雜誌扔到一旁快速了結剛才意外燃起的慾望。我好愛他，我想保護他，我多希望這一切不是真的，但眼前發生的事情正在將我們熟悉的世界拆解，我不能也無法逃避。

有一瞬間我竟然妄想成為拯救世界的英雄。

噢該死！我不是幹這行的料啊！

「呱？」那隻頑皮的鴨子鬼從浴簾裡冒了出來，在我想拿雜誌打牠時便一溜煙地跑了。

暗影瞪視眼前身穿斗篷的兩個人影，手裡握著的紙杯正裊裊飄出霧氣。

「你們還是沒聽取我的忠告。」他一臉嚴肅地訓誡門徒。「我對你們警告過什麼？」

「稱職的驅魔師必須放棄家庭。」女人的聲音從斗篷傳出。

「但我們的孩子遇上了危險！」另一個斗篷傳出男人的聲音。

「那都是命。別讓親情成為對付妖魔鬼怪的絆腳石。」暗影將咖啡一飲而盡。「提姆・武井（Tim Takei）和伊莉莎白・卡普勒（Elisabeth Kapule），或是說，生死未卜的羅爾夫婦。」他立即像陣風消失在死巷中。

「依然是個老頑固。」斗篷下的伊莉莎白似乎在嘛嘴。「我都還沒跟他說他兒子也在那兒。」

「我不認為他會在乎。」提姆攤手回應她。

（隔天清晨，布魯克林，紐約）

蘇洛驚訝地瞪大眼看著站在愛琳身旁的伊迪絲・查瑟，隨即衝向前抱住愛琳不放。

「我忘記把貓帶回來了！」蘇洛對她大喊。

「沒關係，你們沒事就好！」愛琳搓揉他的臉頰，馬上轉而不安地盯著門口那群身穿黑皮衣的探員。

「路易那傢伙呢？」宅詹對林瑪莉耳語。

「樓下，他不敢上來。」

「很有他的風格。」

「親愛的，妳這次又有什麼新發現？」海嘉・曼恩也走向前摟住一臉愉快的伊迪絲。

「惡魔以相當詭異的速度出現，我感覺這一帶也開始有牠們的蹤跡了。」伊迪絲撫著她的臉頰回應道。

「喔喔要開始了。」林瑪莉一臉嘲諷地看著正在舌吻的兩人。

「她們是……一對的？」愛琳看得眼珠子快掉出來了。

「那兩個大嬸？是啊她們是一對的。」林瑪莉伸出右手向她問好。「林瑪莉，特殊部門探員。」

「嗯，我去年見過你們，但沒多少交集就是了。」愛琳握住她的手卻幾乎感覺不到溫度。

「妳是……」

「那個會變成龍的傢伙。」林瑪莉露出滿嘴尖牙笑著。

「噢，好吧。」

「我想歐哈拉小姐還是跟著我們比較好，雖然等會兒可能會有點危險。」宅詹揮手示意所有人電梯的方向。「要整理房子請等任務結束，蘇洛。」

「好啦……」

吳亨利百般無聊地坐在黑色廂型車的駕駛座上看著窗外行人，路易則在一旁焦慮地扳著手指。

「你女友應該看不見你吧？」吳亨利瞄了他一眼。

「她沒有特殊體質，我也會……盡量不現身。」路易瞧見走出大門的眾人不禁結巴起來。

「我們還要工作你最好別胡鬧……」吳亨利翻了個白眼回應他，隨即對儀表板直瞪眼。「該死，事情不妙。」

「怎麼了？」

「收起你的多愁善感，有東西來了。」吳亨利打開車門讓所有人爬進來，順便把宅詹粗魯地拉過來害他差點一頭撞上方向盤。「你看這個！」

「這數值未免也……」宅詹扶起滑落的眼鏡後發出驚呼。「鎖定目標！我們得確認東西在哪！」

「呃……靠近最高法院的路上！」吳亨利不解地指著螢幕上跳動的小點，現在已經從小點變成有點肥胖的紅色大點了。

「這到底是怎麼回事？」愛琳抓緊蘇洛的手臂。

「惡魔……希望別太糟糕。」蘇洛一邊回應她一邊死瞪著躲在角落的路易試圖逼他現身。

「像我在柏林遇到的那個？」她回想起那東西不禁感到一陣噁心。

「只希望不要更強……我有聽那兩個歐巴桑說過了，那鬼東西沒傷害你吧？」

「幸好沒有……哇嗚！」愛琳摔到蘇洛身上時差點用膝蓋從他的褲襠撞下去。

「抓好別跌倒了！」吳亨利猛踩油門向前衝刺。

我多希望這一切只是場惡夢。凱斯・洛文坐上法警的車子時這麼想。

他從來不想成為被貼上標籤的一份子，但標籤本就不應存在，沒有人活該被貼上標籤，沒有人能傷害與自己不同的人。

從來沒人有資格扔出第一塊石頭。

父親一定會崩潰的。他不想要這樣，他從不想這樣讓父親失望。

他沒有開槍，當他走進後台時那老頭已經死了，有人把槍交給他便轉眼消失。

那是誰？該死！他為何會忘記那個人的長相！

當白色警車接近法院門口時，他聽見一道熟悉的音色竄入腦海。

「……彼得？」凱斯幾乎懷疑自己瘋了。

「你在車子裡對吧？我們會來救你！」彼得聽起來彷彿躲在吵雜的街角。

「這是怎麼回事？」

警車突然停了下來，玻璃破碎的聲響從前座傳出。

四週不斷傳出淒厲尖叫和剎車聲。

轟然一響後車門掉了下來，彼得．薩根特的臉出現在他面前，但對方眼中那詭譎的紅光是怎麼回事？

「哈囉，親愛的弟弟。」站在一旁笑容滿面並且手拿獵槍的凱特．洛文愉快地對他問好。

我和戴爾躲進街角，路上行人都在瘋狂逃竄著。

我們本來要到法院出席凱斯的審判，也許還能趕在凱斯被送進法庭時看到法警送他過來，不料卻在路口遇上一場該死的槍戰。

「難不成有人想劫囚？」戴爾緊張地盯著馬路上停下的幾台警車。

「那裡！」我指著不知從何方冒出的三道黑色身影，他們一直對警車開槍，幾位法警倒了下來，但地上柏油卻隨即將他們包覆起來變成一坨黑色團塊。「這……」我連忙掏出那把除靈槍準備出擊，卻馬上被戴爾牢牢抓住。

「別衝出去！我們現在連發生什麼事都不知道啊！」他對我大喊。

「但凱斯有危險……」我不敢置信地看著那些黑色團塊從地上站起。

這下麻煩大了。

珍妮看著落地窗外的景色不禁皺起眉頭，他們已有好一陣子住在飯店沒回到洛杉磯的老家了。

「我很好奇你想一直待在這兒的原因。」她對一旁正在看電視的安東尼・戴維森說。「生意已經談完了，慈善活動也出席過了雖然不太順利，公司現在應該很需要你。還有老鮑呢？我怎麼從昨天就沒看見你那可愛的小禿頭？」

「替我辦事去了，我交待他一些任務，畢竟我們還有一場精彩的演出要出席。」安東尼突然露出超乎人類範圍的巨大笑容。

珍妮發現自己無法動彈，安東尼走到身旁撫著她的臉頰。

「……你到底是誰？」她快要尖叫了。

「當然是妳的未婚夫。」安東尼，或是更精確點，佔據安東尼・戴維森身體的撒旦長子，正一臉愉悅地凝視她。「妳似乎沒繼承霍特伍德家那股力量，這倒是件好事，當我需要對付那沒出息的小弟時會需要人質。」

他的雙眼再度閃爍不詳的紅色光芒。

第六章　群魔聚首

被擊斃倒地的法警瞬間被柏油包覆起來變成幾團黑色不明物體起身，加入手持槍械的黑衣人攻擊其他趕來救援的警察。

「這比那兩個抹滅者還糟啊！」我已經無法阻止雙手的顫抖。

「被攻擊倒地的人似乎都會變成那樣！」戴爾指著不斷增加的黑色團塊，似乎也在拚命壓下急速竄升的恐懼觀察這一切。

「我們該怎麼辦？凱斯可能還在車裡！」我試圖衝出街角，但黑色團塊已注意到我們的存在。

「它們來了！」戴爾對直衝而來的怪物連開幾槍讓那些鬼東西倒退幾步。

「那到底是什麼？」我一邊開槍一邊大吼。

「不知道！也許問問你那兩隻天竺鼠會有解答！」戴爾緊靠我的背脊。

「但我們已經被這堆噁心東西包圍了！」該死！那兩個小混蛋不是說好會保護我嗎？

然而，幾聲槍響和子彈擦過髮梢的颼颼聲卻讓我差點尖叫。

黑色團塊噴出惡臭的暗紅色液體倒了下來。

「這是怎麼回事？」戴爾驚訝地瞪著停在遠處的一台黑色廂型車。「特殊部門？」

兩個戴全罩式安全帽身穿黑皮衣的傢伙走了出來。

「不會吧？手腳也未免太快！」我一邊回應他一邊試圖趕走還沒倒下的黑色團塊，那堆鬼東西現在全都轉移注意力往他們的方向衝去，那兩個身高略矮的傢伙像陣風穿梭在不明怪物之間，彈殼與暗紅色液體從混亂中到處噴濺。

「你們在這幹嘛？」安全帽裡傳來宅詹的聲音。

「果然是你們？」我對他大喊。

「這裡不是你們擅長應付的！快躲到車上！」他氣急敗壞地對一邊我們揮手一邊閃躲突然跳起來的團塊殘骸，我們只好摀著腦袋從槍林彈雨中逃到馬路旁的黑色廂型車上。

「老爺！哈雷！」蘇洛從車廂探頭，馬上就被一臉驚慌的愛琳拖回車子裡。

等等，為何連愛琳也在那裡？

「這到底是怎麼回事？」戴爾爬進車子後瞪視探員們。

「惡魔，霍特伍德先生。」熟悉音色從背後傳來，我們頓時睜大眼看著眼前的兩個中年婦女。

「……海嘉？伊迪絲？」我不敢置信地望著她們。「妳們竟然也是……」天啊，那是多久以前的事了？

「說來話長，我們還有事情要辦。」海嘉聳肩回應，隨即和伊迪絲手牽手踏出車門走進那場混亂之中，連安全帽都沒戴上。

路易・拉森的鬼魂躲在角落對我們打著招呼，一邊用食指放在嘴唇上拜託我們不要告訴其他人他的存在，不過我想他應該只是不想被愛琳發現而已，但他竟然也穿著（呃……或是變出）特殊部門的制服。

「她們那樣不要緊嗎？」蘇洛不安地看著車窗外的兩人。

「放心，那兩個大嬸比蟑螂還難纏。」那個會變成東方龍的小妞坐在駕駛座說道。「這次似乎用不著我們出手，亨利和隊長已經快搞定了。」她指指馬路上滿地暗紅色碎片。

「但法院前有人被挾持啊！」我瞥見那堆碎片裡似乎有半顆人頭，這讓我又開始想吐了。

「海嘉和伊迪絲正要去查看。」

「我記得妳叫瑪莉對吧？」

「林瑪莉。」林瑪莉漫不經心地把廂型車開到宅詹和另一個探員身旁讓他們跳上車。

「事情可能遠比想像中糟糕。」宅詹脫下沾滿噁心液體的安全帽對我們說。「而且你們還沒回答我的問題，你們到底來這幹嘛的？」他一臉嚴肅地看著我們，這真讓人有夠不習慣。

「你沒看新聞嗎？洛文警官的兒子被逮捕了！他現在搞不好還被……」就在我準備對他怒吼時，海嘉的聲音再次從背後傳來。噁！難不成她會瞬間移動嗎？

「車裡沒半個人，但我們找到這個。」海嘉把一副壞掉的手銬扔到我腿上。

「喔不……」我感到極度絕望。「凱斯……」

「那堆怪物沒有復活的跡象，主使者恐怕就是為了你說的可憐蟲而來。」伊迪絲的英文原來這麼流利，這些探員真是他媽專業的演員。

「就讓圖西先生跟警方說明吧，我們得快點查出這些怪物是怎麼回事。」宅詹對她們說，接著便轉頭盯著我們。「原諒我得把你和戴爾暫時帶在身邊。」

「等等阿宅，你要把我們帶去哪裡？」我緊張地問他。

「政府這次需要你們，我們需要談談。附近有特殊部門的支部，我們正要趕去那。」他再次皺緊眉頭。

「你受傷了？」戴爾瞇起眼睛。

「……舊傷而已。」

「這傢伙幾天前被刺蝟頭打斷肋骨然後又在死亡谷被鹽巴怪物熊抱。」蘇洛幸災樂禍地指著宅詹和已經脫掉安全帽的另一個亞洲人，我記得這白髮刺蝟頭好像叫喬治還什麼的。

「他還真會逞強。」戴爾漠然看著正在使用對講機的宅詹。

「專業級的。」白髮刺蝟頭揶揄道。

「等等，得趕緊連絡洛文才對！」我突然想起洛文，連忙抓住戴爾的手臂讓他抬頭看著我。

「也是，雖然他不能參與凱斯的案件，但總能來救兒子吧。」戴爾拿出手機撥號，講沒幾分鐘便露出沮喪表情。「他被停職了。」

「怎麼會……」看來凱斯在這麼短的時間內被拖進法庭的確事有蹊俏，洛文顯然也因此惹上了大麻煩，搞不好賽勒斯，巴特勒那個王八蛋正在從中作梗。

「而且警局現在也連絡不上他。」

「手機呢？他應該有帶著手機吧？」

「我試看看……」戴爾撥了另一支號碼後依然無奈地搖頭。「跟那些警察說的一樣，聯絡不上。」

「該死！他到底在搞什麼鬼？」我惱怒地按著太陽穴。

「唉呀殿下，您看起來心情很差耶。」路德的聲音伴隨毛絨絨觸感竄進我的右耳。

「需要幫你搥搥背嗎？」法蘭茲的聲音也立即在左耳出現。

黑色廂型車差點因為我淒厲的尖叫而撞上電線杆。

（費城，賓夕法尼亞州）

達娜遞給洛文警官一杯咖啡後便坐在小桌對面望著他。

「你要孤軍奮戰？」達娜皺起眉頭。

「有人企圖隱瞞事實，我不能眼睜睜看著凱斯受害。」洛文攪拌咖啡回應道。

「但這樣很危險，而你……是我所知最信任體制的人，為何這次卻選擇……」其實達娜想說的是為何他會如此在乎凱斯。

「我必須先讓自己消失然後使用艾倫以前教我的方法，甚至再次找上那兩個小痞子，我必須這麼做。」

「這就是你來找我的目的？」達娜感到喉嚨一陣緊繃，她想起數十年來在無數任務前的對談與相擁，就是這種緩慢撕扯的痛楚與徒勞無功的擔憂讓她無法繼續與亨利一起面對人生。這全是為了凱特和凱斯，尤其是凱斯，她沒膽拿出那張紙，她甚至深信亨利只是體諒她身為警察眷屬無法承受焦慮才讓她離開，她害怕亨利根本不知情。她好想永遠逃離，但命運卻再度讓他們成為現實的囚徒。「你在向我道別嗎？拜託不要，別說得彷彿你將死去，別像艾倫一樣害死自己，他不會希望你這麼做！」

「若我遭遇不測的話請照顧孩子們，我一定會把他們找回來。」洛文起身走向大門，無暇顧及正在啜泣的達娜和她口中含糊不清的話語。「再見了。」

安東尼・戴維森站在音響前享受冰冷工業噪音衝擊，當一團帶有硫磺氣味的黑煙出現在飯店陽台時，他的嘴角泛起一抹詭異微笑。

煙霧中走出一個西裝筆挺的高瘦老頭，臉頰有半邊像週末派對上的烤肉般般軟爛不堪。

「『上帝是個美國人？』[18]我喜歡這句，地獄要定這天才了。」老頭語帶不屑地評論。

「或許撒旦也是個美國人，他們將天堂與地獄到處放送，我們只需在一旁收割。」安東尼遞給他一杯香檳。「話說你出了什麼事？臉怎麼變這樣？」

「火焰巫師。西班牙人沒殺光那些該死的異教徒！」老頭惱怒地啜飲香檳。

「別這樣說，異教徒只是用來讓人類自相殘殺用的騙局而已。」

「抱歉殿下，因為傷口實在太痛了。」

18 安東尼正在聽大衛・鮑伊的歌曲〈我害怕美國人〉（"I'm Afraid of Americans", 1997）。

「這我可幫不上忙，時間會是你最好的朋友。」安東尼打開電視欣賞法院前的一片混亂。

「也差不多該到了。」

「那個被誣賴殺人的小鬼和他姐嗎？您那菜鳥僕人真有辦法完成任務？」老頭捏破玻璃杯，任由碎片與鮮血流下手腕。

「菜鳥在柏林遇到的女人顯然不是普通人，真是為難他了，還有你被火焰巫師打敗也沒資格嫌他。」安東尼惋惜地看著地上的玻璃碎片。「我剛才不是指可憐的洛文姐弟，他們已經安全抵達藏身處，我是指我的人間盟友，雖然他還不知道我的真實身分……車禍半年後的身分。」他示意老頭浴室的方向。

「總是頤指氣使不過我喜歡，這才是黑暗王子應有的尊榮，哪像您那沒教養的弟弟，為何陛下要把王位傳給……」

「不准提那個垃圾！」黑煙從安東尼耳中竄出。

「好好好我閉嘴就是了！」老頭可悲地逃進浴室。安東尼深呼吸片刻恢復往常高傲的神態打開房門，映入眼簾的正是一臉慌張的賽勒斯・巴特勒。

「你未婚妻呢？」賽勒斯狐疑地望著四週並皺起鼻子，似乎是聞到殘留的硫磺氣味。

「這陣子奔波讓她相當疲累，況且……孕婦需要多休息。」安東尼握著他的手說道。

「真的嗎？真是恭喜你們啊！我很期待你們的婚禮！」

「真愛是不在乎儀節的，我會用生命愛她。」

「珍妮之前真的有夠可憐，被那兩個死玻璃耍得團團轉。」話雖是這麼說，賽勒斯仍對戴爾抱有一絲情感，只是他打死不願承認。「但你在中東的客戶如何？他們拿到想要的東西沒？」他想起今天來這兒的目的。

「拿到了，給他們武器自相殘殺就能讓美國再次偉大，多划算啊。」安東尼笑了出來。

「我能多拿幾成吧？這次我可是差點賠上腦袋才幫你完成交易耶。」

「當然，那你的古物獵人工作有順便完成嗎？那可是你的生命，我覺得等中年後應該要只做自己喜歡的事情。」安東尼指著賽勒斯胸前口袋裡的放大鏡說道。

「有，我還在喀布爾[19]找到不少好東西，像這個要送你和珍妮的結婚禮物……欸？」賽勒斯從口袋掏出一尊小雕像然後發出驚呼。「抱歉！它原本還有另一半，大概在貨櫃裡被撞壞了！」

「沒關係，我很喜歡。」安東尼笑著拿起鐵灰色動物雕像。

「那兩隻怪物不准踏出籠子！」宅詹指著狗籠對我們怒吼，被關在裡面的路德和法蘭茲正在用所有想得到的語言咒罵他。

「好啦好啦但這樣很像在虐待動物！」我實在不忍心看到天竺鼠（好吧，披著天竺鼠皮的怪物）被這樣對待。

「牠們不需要被好好呵護吧。」就連戴爾也不想同情那兩隻抹滅者。「話說你們的分析如

19 喀布爾（Kabul）是阿富汗首都。

何？那些黑色團塊是怎麼回事？」他放下茶杯質問宅詹。

「你一定不會相信，只有柏油和人類殘骸，我們找不到任何力量殘留，就跟之前在死亡谷收集到的證物一樣。」宅詹嘆口氣坐上沙發，拔下眼鏡擦拭著。

我們正待在紐約市中心某座水利設施的地下室，週圍景色彷彿電影裡的MIB總部。但願電影只是胡謅，我可不想碰上喝糖水的大蟑螂[20]，還好目前只看到幾個半透明穿著老式西裝的傢伙在走廊閒晃，可能是以前在這工作的探員吧。

「但那些怪物是怎麼到處移動的？這不合理，而且有些警察當時應該沒直接死亡才對啊？」我一點也不想想像被包在瀝青裡的感覺。

「聽起來噁心但很有可能，他們可能就在瀝青中被活活分解。」宅詹面無表情地回答我，順便揮手趕走一個湊過來偷聽的幽靈。

「放輕鬆，榭爾溫，別想像那個畫面，你現在應該專心在別的事情上。」戴爾輕撫我的臉頰，視線仍未從宅詹和幽靈身上移開。

「我知道，但實在太可怕了……」我握住他的手吻著，坐在對面的宅詹露出不敢置信的表情。

「你不是已經知道我們的關係嗎？」

「我只是討厭公然放閃而已。」宅詹翻了個白眼並把眼鏡戴回臉上。「晚點我們要開會討論這次的應對方案，你們最好別缺席。」他打開接待室小門準備踏出去。

20《MIB星際戰警》（Men in Black, 1997）裡的反派外星人。

「宅詹，我方便問你為何能看見鬼魂嗎？」戴爾對他露出狐疑的表情。「你說你改造了眼鏡，但剛才你趕走幽靈時沒戴著它。」

「離開大學後發生很多事情。」宅詹語帶諷刺地笑著。「那不重要，只是成為探員的過程罷了，雖然付出不少代價。」

「但他原本沒任何通靈者的資質……」戴爾在他離開後喃喃自語。

「也許特殊部門把他改造了。」我很難不懷疑這個詭異機構會在背地裡幹些恐怖勾當。

「有可能。」他捏緊拳頭直到關節發白，這讓我心疼地搓揉他的手指。「你覺得洛文有沒有可能想私下調查史丹利被殺的案件？」他猛然抓住我的肩膀。

「老實說我不太相信他會這麼做。」我思索起十年來與洛文的那些合作，他這種死腦筋的人怎麼可能想當蝙蝠俠？「他可是該死的高登探長[21]啊！」

「喔不，榭爾溫，你一定是太緊張才會這樣比喻。高登探長一點也不守規矩，他可是會找上蝙蝠俠的人。」

「……該死！他該不會反悔了？」這下換成我緊張地抓住他的肩膀。

「你覺得他這次還會找上我們？」他湊向我，我輕啄他的嘴唇讓他害羞地瞇起眼睛。

「他需要我們，戴爾。」

21 高登探長（Captain Gordon）是蝙蝠俠中的角色。

我跟在戴爾背後走進冰冷金屬大門，迎面而來的是強到會讓北極熊流淚的冷氣與滿桌黏答答的暗紅色碎片，看來裡頭有人正在分析那堆柏油怪物……呃，還有不幸殉職的警察們。這下該怎麼向民眾解釋？這些面目全非的屍塊都曾是別人的孩子、朋友、愛人……這會讓很多人心碎的，想到這些我根本害怕不起來反而想大哭一場。

「好久不見啊。」身穿實驗袍的海嘉轉身看著我們。

「我真不敢相信妳和伊迪絲也是探員，當初遇上妳們也是特殊部門的考驗囉？」我只能莞爾一笑。

「那只是巧合，我和伊迪絲當時的確在度假。」海嘉脫下手套走向我們。「我聽蘇洛說你們還是在一起了？我記得哈雷娶了個漂亮主播不是嗎？那時有好幾台新聞在報導，伊迪絲打開電視時還差點被早餐嗆到呢。」

「我們離婚了。」我實在不想說出那字眼。

「喔？我很遺憾，現在呢？」海嘉依然很喜歡搓揉戴爾的頭髮。

「在倫敦時我向榭爾溫告白，雖然他當時拒絕了，不過之前的風波卻讓我們再度思索對彼此的情感。」戴爾聽起來有點感性過頭。

「你們真的很幸運。」海嘉聳了聳肩。「宅詹應該已經跟你們解釋這堆怪物的事情了，這和他們在死亡谷碰上的有些類似。」

「感謝他和蘇洛的情報，我們大致知道你們這幾天的苦戰。」戴爾盯著滿桌殘骸。「但真如他們所言，殘骸裡沒任何力量留存？」他翹起眉毛。

「他們在死亡谷時其實有從鹽柱怪物身上偵測到惡魔的力量，但就在兩個不明人士攪局後，那股力量就消失了。這次則是在法院前的攻擊結束、洛文警官的兒子失蹤後，那群怪物的力量也跟著消失不見只剩這些殘骸。顯然那群惡魔有目的而來，牠們不想留下太多足跡。」海嘉拿出一台汽車電池大小的灰色儀器向我們展示，我突然擔心起那東西會不會在我們面前爆表，但卻奇蹟般地什麼事都沒發生。怪了，我們不也擁有他們所謂的惡魔之力嗎？

「不明人士？」戴爾繼續追問。

「原本操縱鹽柱的惡魔本尊已經現身，只要再硬撐一下他們就能逮住那混帳，但卻突然冒出兩個蒙面俠對惡魔噴火，然後惡魔就消失在火焰中了。」

「噴火？」

「那兩個蒙面俠有跟宅詹他們進行任何交涉嗎？」噴火？我突然想起某個人。

「有！我差點忘了！哎呀人老了記性真差！」海嘉打了個響指。「他們說自己是個什麼叫松……松布拉[22]的門徒！」

「暗影？」我和戴爾異口同聲地大叫。

「你們認識這傢伙？」

「我們最近常碰到他！一個喜歡搶人工作的巴西驅魔師！他竟然有收學生？」我手忙腳亂地對她比劃。

22 「Sombra」是西班牙文與葡萄牙文的影子。

「驅魔師？」海嘉皺起眉頭。「越來越多局外人很麻煩啊，我可是第一次聽到會噴火的驅魔師。」

我和戴爾看著彼此思索要向特殊部門坦承多少事實，但我的口袋卻突然傳來鈴聲。

「哈雷嗎？」

「洛文警官！」我幾乎要對手機大吼。

「你們在哪？」

「我們……呃……我們在……」我的思緒突然被戴爾竄進腦袋裡的聲音打斷，他緊張地叫我別告訴洛文我們現在在哪。「在家裡。怎麼了？」我連忙撒謊。

「我們需要談談。」洛文聽起來神祕兮兮的。「有人企圖隱瞞真相。必須回那間飯店尋找更多線索……在有心人士破壞它們之前。」

「所以才需要你們協助，小痞子。」洛文不屑的聲音從手機飄出。

「你現在被停職要怎麼溜進那裡？」戴爾接過手機回應他。

「我們何時能見你？」

「午夜。飯店後門。警局顯然已被看不見的手牢牢抓住。」洛文掛上電話前這麼說。

我們愣愣地看著在一旁撥弄手指的海嘉。

「那孩子的父親？」她放下雙手問道。

「……是的。」

「快去救人吧，我不認為特殊部門會在乎那孩子的性命，雖然兩件事顯然直指同一方向，你們在這兒會被絆住的。」她指指金屬大門，順便扔給我一副奇怪的遙控器與勞斯萊斯鑰匙。「車子已經請人停在外頭了。」

「在我們離開前，妳能否解釋宅詹能看見鬼魂的原因？我不希望朋友受到不人道對待。」戴爾轉為嚴肅地看著海嘉。

「你們聽過器官移植的都市傳說嗎？有些人會因此獲得捐贈者的個性、記憶……甚至能力。」她對我們歪嘴一笑。「例如通靈者的眼角膜。」

「這就是他所謂的代價？」他皺起眉頭。

「留給你們想像吧。」她愉快地把我們推出去。

宅詹感覺背後有股熟悉的殺氣傳來，他轉身瞪了躡手躡腳想溜進機房的吳亨利一眼。

「別想弄壞熱水器，幼稚鬼，這裡可不是總部。」宅詹拔下眼鏡擦拭。

「你越來越像圖西那混帳了。」吳亨利露出惱怒神情瞪著他擦拭眼鏡的動作。「我不喜歡。」

「我只是在完成份內工作而已。」

「包括挾持你的朋友？那兩個半調子根本是絆腳石！」吳亨利抓住他的手不讓他把眼鏡戴回去。

「別小看他們，還有我不會挾持朋友。」他用力抽出雙手，卻因此讓眼鏡差點掉到地上。

「那個拉丁佬的女友已經夠麻煩了，別再多出需要保護的人好嗎？」吳亨利突然用廣東話對他低語。

「所以你沒發現我讓他們跑了？圖西是唯一會對這件事抓狂的人。」宅詹也用相同語言[23]回應他，雖然帶有濃重口音，他連忙轉回英語對付快要笑出來的吳亨利。「圖西太精打細算反而會出亂子，戴爾他們自有辦法對付這堆麻煩，要是被綁在這我們才會變成他們的絆腳石。」

「因為我們不是該死的私家偵探嗎？搞得我們像群粗手粗腳的傭兵一樣。」

「因為我相信他們。」

「是是是你相信他們，希望緊要關頭時不會又打起來，外加伊迪絲剛才不小心說溜嘴，她把蘇洛女友帶回來是有原因的。」吳亨利踏出機房時轉頭對他說。

「為了什麼緣故？」

「那個歐哈拉小姐是已經死去的探員德瓦夫婦的女兒，伊迪絲一直想查出他們的死因。」吳亨利掏出一本泛黃筆記扔給他。「於是我就溜去檔案庫尋找她說的事情到底是怎麼回事，竟然就在這個支部挖到寶了。」

「噢……就不能等事情結束後再說嗎？伊迪絲那傢伙實在是……」宅詹一邊翻閱筆記一邊抱怨，當他翻到筆記紙上黏貼的老照片時不禁感到鼻酸。

他認得這些人。

23 其實是熱心的林瑪莉教他的，這讓宅詹被迫欣賞不少港片。

「那你要怎麼解釋歐哈拉小姐在柏林被惡魔盯上？看來所有事情都牽扯在一起啊，隊長。」

「但願戴爾他們能找到什麼線索。」他闔上筆記說道。

「離午夜還有好一段時間，這下該怎麼辦？」我一邊檢查車子一邊對戴爾低語，希望那群探員沒偷藏竊聽器之類的鬼東西在裡面。

「先到飯店調查？」戴爾警戒地看著四周深怕突然有人冒出來。

「聽起來不錯，或乾脆先把洛文找出來。」很好，他們果然放了竊聽器，我把那鬼東西拔出來向他展示。

「一群多疑的傢伙。」戴爾聳了聳肩。

「欸，要繼續把我們關狗籠嗎？」法蘭茲不滿地搖著籠子，這讓戴爾非常不快地瞪我一眼，但我還是覺得把小混蛋們順便帶走比較好，不然牠們很可能會跟特殊部門那群脾氣火爆的探員打起來。

「這是給你們兩個小王八蛋沒在緊要關頭時來救我的懲罰。」我對牠們扮了個鬼臉。

「我們只是想看看殿下會不會突然潛能爆發而已嘛！」

「真不知道撒旦都雇用什麼樣的員工啊……」我只好把牠和路德放出來，至於籠子就擺在停車格裡讓那群探員傷腦筋了。

「肯定品管不良。」戴爾不顧那兩隻地獄天竺鼠的咒罵嘲諷著。

「可是飯店還沒傳出鬧鬼的事情，你覺得史丹利的鬼魂會不會已經跑到其他地方搗亂了？」離開特殊部門藏身的水利設施後，我在地下道裡對戴爾問道。

「一般來說會在他死去的地方待上數月，或許史丹利還停留在被殺死的地方只是沒任何行動而已。」他點燃涼菸，吸了幾口後把它塞進我嘴裡。

「如果現在打給帕克先生會很突兀吧？」我可不想打給帕克先生然後問他「嘿老兄你飯店最近有鬧鬼嗎？現在除靈打八折喔」之類的，這樣不如在車頂貼張《魔鬼剋星》的貼紙算了。

「我們可以用拐彎抹角的方式問他。」戴爾突然笑了出來。

「比方說？」我趁紅燈時把涼菸還給他。

「用帕克先生習慣的方式。」

於是我們就像討債公司員工一樣站在帕克先生華麗的辦公桌前和他大眼瞪小眼（不包括兩隻顧車的天竺鼠，那絕對會降低威脅性或直接把他嚇死）。

「我的投資？霍特伍德，你的意思是……」帕克先生看起來快中風了。

「你近來的財務狀況顯然又無法負擔那些與敝公司的交易。」戴爾愜意地在他身旁踱步。

「又去哪裡豪賭嗎？真不是好習慣。」

「我知道我在股東裡分到的不多，但今年一定能……」

「我可不是開慈善企業的，帕克先生。」

「我我我知道……」

「賽勒斯・巴特勒要你隱瞞什麼？」戴爾撫著他的肩膀問道。

「這就是你們的目的？用我的財務狀況威脅？」帕克先生驚慌地閃躲。

「這牽涉到一個年輕人的未來！你想毀掉他的人生嗎？」我還是耐不住性子對他拍桌。

「我沒隱瞞任何事情！」帕克先生在諾大座椅中縮成一團。「好啦好啦我那天也在現場！我當時在舞廳聊天！我有看到你們走進來！你跑上去後賽勒斯突然出現在我面前然後也馬上衝到樓上！之後他拜託我阻止警察亂翻！」

「賽勒斯出現在樓下舞廳？」我衝上前害他差點尖叫。

「他也跟史丹利一樣受到邀請啊！啊不我記錯了，只有史丹利受邀，所以他出現時我也嚇了一跳！」

「他不是說去上廁所嗎？」我抓著頭髮喃喃自語。我記得眾人發現史丹利被槍擊後賽勒斯才跑進宴會廳，還嚷著自己剛才去上廁所。

「賽勒斯要你阻止警方繼續追查的原因是什麼？」戴爾緊抓他的肩膀不放。

「他……他堅持那個小男孩殺了他叔叔，說什麼警察太愛管閒事，這種家醜不需要繼續鬧下去……」

「我們必須回到兇案現場……或是任何你覺得詭異的地方。」戴爾終於放開他，一邊用眼神示意我拿出手機，我連忙掏出手機撥打洛文的電話。

「說到這個……我本來想連絡你的說，這棟飯店和之前那棟一樣又有騷靈現象，但因為還不嚴重所以我還在猶豫……」帕克先生掏出手帕擦拭汗濕的額頭。

「別讓事情惡化才求救，你總是學不乖。」戴爾白他一眼。「在哪？」

「就是二樓宴會廳。」

我們再次踏入金碧輝煌的宴會廳，自從史丹利被殺之後再也無賓客涉足，洛文警官則在半小時後神祕兮兮地出現在飯店後門，他的穿著幾乎讓我們認不出這是平日那位簡直從推理小說裡走出來的硬漢探長，反而比較像暗影那種落魄的失業中年人。

妻離子散的落魄中年人。我無法阻止自己這麼想。

「你不是說巴特勒的靈魂無法提供線索嗎？」洛文狐疑地瞪著我們。

「話雖如此，但他的靈魂仍可能在這遊蕩，死者殘存的意識有機會讓他們停留在活人無法發現的線索上。」戴爾走向史丹利陳屍的側台小房間時說道。

「我有員工對上級哭訴……他們聽見側台傳出怪聲。」帕克先生不安地指著那個狹小的空間，裡頭換了張新地毯，然而我卻無法自已地想掀開它。

「地毯下有什麼東西嗎？」我只好指著地毯問道。

「好像有道能通往舞台的活門，挺神祕的，我在飯店興建時因為一時好奇問過建築師，但沒親眼看過裡頭。」帕克先生蹲下身將地毯掀起，一扇寬約兩呎的木門出現在眾人眼前。「我可是《歌劇魅影》的大粉絲。」

「但警察怎麼沒搜查這扇門？」

「警方沒在上面驗到任何指紋，便認為案發時沒人使用，況且史丹利的屍體當時把它給壓住了。」洛文皺眉瞪著那扇活門並伸手打開它，霉味從黑暗中竄出。

「噁！真要下去嗎？」帕克先生的表情真是經典。

「你不是《歌劇魅影》的大粉絲嗎？」戴爾露出嘲諷的笑容。

「好啦好啦我知道！」帕克先生拔下牆上手電筒一馬當先跳了進去，我們三人小心地跟在後頭。

活門下充滿霉味的隧道簡直是另一個世界，裡頭塞滿旅館開業以來的各種表演道具並積滿灰塵。隧道不寬，要是很多人同時走動絕對會卡成一團，而且途中沒任何岔路與可用的電燈開關，我們只能像四隻瞎老鼠咬住前面夥伴的尾巴前進，裡頭氣氛讓我幾乎要幽閉恐懼發作。除了經驗老到的戴爾和身為警察不能帶頭抓狂的洛文外，我和帕克先生已經快要受不了這壓迫人的氣氛了。然而，這條隧道似乎沒通往舞台，而是相當詭異地緩慢下降。

「可惡！電燈都壞了！」帕克先生不耐煩地敲打牆壁。

空氣中突然傳來詭異的笑聲。

戴爾用力捏住我的手。

「你也聽見了？」我打顫著問他。

「對……但不知是從哪傳來的……」戴爾謹慎地瞪視黑暗的隧道。

「聽起來有點像……呃？」我不小心踩到一個東西，連忙蹲下身檢視。

破掉的小雕像？

帕克先生發出淒厲尖叫並突然倒下，但讓我們駭然的是，他就像被隱形人拖行般慘叫著逐漸遠離我們。

一張慾者的臉出現在帕克先生腳邊。

「那什麼東西！」洛文掏槍大吼。

「鬼魂！」戴爾抄起手電筒追了上去，我下意識撿起雕像塞進口袋。

我們在隧道裡瘋狂追逐那該死的慾者和倒楣的帕克先生，最後終於在一個轉角逮住慾者並用除靈槍擊中它。

「你沒事吧？」我拍打帕克先生擦傷的臉頰想叫醒他，他看起來糟透了。

「好恐怖……」帕克先生哀號著想爬起來。

「榭爾溫，你是不是拿著一個雕像？」戴爾揪著那隻慾者對我問道。

「你怎麼知道？」我被他嚇了一大跳。

「史丹利只記得這件事。」戴爾嘆口氣放開身材肥胖的慾者，那東西指了指我的口袋便消失不見。

空氣中只留下史丹利宏亮的笑聲。

「你撿到了什麼？」洛文銳利的眼神再次掃向我。

「這個……我想都沒想就把它撿起來了……」我掏出髒兮兮又破掉的小雕像，這看起來像隻動物還什麼的。

「該不會是以前的演出道具？」洛文皺起眉頭。

「但史丹利為何會記得這東西？」戴爾挨在我身旁端詳手掌大小的雕像。「看起來似乎還有另一半。」

「呃……各位……我們好像快離開隧道了。」帕克先生艱難地起身，伸手抹掉臉頰上的血汙指著前方的金屬通風蓋，有微弱光線從孔洞中透出。

當我們踹開通風蓋時它墜落到將近一層樓高的地板上，一對穿著飯店制服正在親熱的男女看著我們尖叫。

「這不是舞廳嗎？」我驚訝地探頭。

「正確來說是舞廳後頭的舊音控室，原來那個活門可以從樓上的宴會廳通往這裡，而且還有梯子能爬上來。」帕克先生指著下方的鐵梯說。「難怪有一堆廢棄道具在隧道裡。」

包括那尊雕像嗎？但史丹利的鬼魂為何對那尊雕像如此執著？

「還以為他一無事處。」戴爾灰頭土臉地看著我。

「至少帕克先生有培養嗜好，例如豪賭。」我撥掉他頭髮上的灰塵，他瞇起眼用臉頰蹭著我的手掌。

「所以……你們是情侶？我還以為這只謠言。」帕克先生目不轉睛地看著我們。「那隻鬼呢？我聽你們喊他史丹利？」

「是他沒錯，但已經無法記得自己只剩破碎的記憶，我想他應該會離開這裡，你就別擔心了。」戴爾終於面露同情為帕克先生止血。

「我懷疑很久了說，他看起來真的很娘……噢噢噢噢對不起啦——」戴爾在帕克先生正跟洛文低聲抱怨時用力捏住他手上的傷口讓他哀號半天。

「那尊雕像該怎麼辦？也許這能讓凱斯恢復清白。」洛文的雙眼終於流露些許溫度。

「鑑定它？如果這不是演出道具，我們也許能找人鑑定它的來源。」我一邊扶著倒楣的帕克先生爬下梯子一邊回應他。

「如果是古董也只能求助博物館了，警方可幫不上忙。」洛文無奈地跟在戴爾後頭爬下梯子，不小心踩空被戴爾接住時露出近乎厭惡的神情。「那個死者巴特勒的姪子……我記得他是古董專家，好像還上過電視。」

「先找他不太保險。」戴爾語調平板地回應氣惱的洛文。「看來我們又要欠寶玲[24]人情了，說不定她能提供一些意見。」他對我說。

「有我這種前男友還真倒楣。」我不禁苦笑。

[24] 寶玲・考夫曼（Pauline Kaufmann）是榭爾溫大學時的女友，畢業後在紐約自然史博物館擔任研究員，在《歡迎光臨愛貓社區》中首次登場。

第七章　暗夜驕陽

暗影依然一臉嚴肅站在道蘭—霍特伍德企業大樓外的路燈下舉著那面「末日以至」立牌，不時用誇張的肢體動作和語調驚嚇路人，但這只是他的偽裝罷了，他現在只擔心遠古的邪惡力量正從暗處伸出觸手準備伏擊。還有那個早該被永遠封印卻突然現身的邪魔之子？那東西是怎麼甦醒的？是誰破壞了他在二十九年前施下的咒語？那東西將會選擇哪一方？時間所剩不多。

他檢查手錶發現時間已接近午夜，便打了個響指確認火光有從指縫竄出。

他露出滿意微笑，轉眼間像陣風消失在路燈下。

「你遲到了，老師。」提姆・武井的聲音從斗篷傳出，黑色膠框眼鏡在暗巷裡閃爍著微光。

「想事情所以耽擱了。」暗影接過他手上的咖啡。「你們找到些什麼？」

「法院門口的攻擊的確是惡魔作祟，和在死亡谷遇上的力量相當。」伊莉莎白・卡普勒也從厚重斗篷中現身，她有一頭捲曲乾燥的黑色長髮，在後腦勺潦草地用鉛筆盤起。

「所以總共有三個惡魔在這撒野？」暗影的眉頭更皺了。

「目前是這樣，特殊部門在死亡谷遇上兩個，一個被我們攻擊後消失，另一個當時沒出擊但也趁亂逃走了，牠是……是……」

「是什麼？快說啊伊莉莎白！」

「地獄魔犬（Cerberus）。」提姆・武井咬牙切齒地說出那個字。「我們當時聞到地獄魔犬的氣味，那畜生顯然在攻擊後跟著主子溜了。」

「喔？你們的老敵人？這下真會是場硬仗。」暗影聳肩說。

（巴特勒大宅，紐黑文，康乃狄克州）

賽勒斯・巴特勒在壁爐前來回踱步，他想不起那尊雕像為何會破掉，但要說一尊也不是，那兩隻黏在一起的動物其實是從更大的雕像上拆下來的，反正本體也已嚴重損毀。

「到底在哪？如果是意外撞壞的話那碎片會在哪……不，拜託不要是那地方……」賽勒斯已經快把快大宅掀了仍找不到雕像另一半，他氣惱地走向沙發為自己倒杯酒，驚駭地看著玻璃杯裡的白蘭地逐漸轉為血紅。

他聽見大型犬沉重的低鳴。

洛文警官不自在地窩在勞斯萊斯後座，在一陣急轉彎時不慎撞掉我的背包並發出一串非常符合他個性的咒罵。那兩隻聒噪的天竺鼠則被鎖進行李箱，以免把任何不知情的傢伙嚇死。

「抱歉，現在很焦慮。」洛文把背包拎起來丟回座椅，拿起意外滾出的小土球端詳著。

「香菸？」戴爾遞給他那包該死的涼菸。

「謝了。」洛文竟然爽快地接過菸，點燃後深吸一口，有些茫然地看著眼前的薄荷味煙霧。

「達娜以前也抽這牌子。」

「原來。你和她最近如何？凱斯和凱特發生意外她總會有所反應吧？」

「我叫她不用擔心，我會把他們找回來……」看來香菸非常管用，洛文平常很少這麼坦率。

「她想用離開作為贖罪，但我從不怪罪她。」他突然吐出這句話。

「你們……到底怎麼了？」我只希望這問題不會讓他抓狂。

「家務事。」

好吧，起碼比抓狂好一點。

「凱斯這幾年的轉變真大，我已經快要認不出那個小男孩了。」我想起在劍橋時那個會拿著籃球跑來學校找我的小傢伙，凱斯那時不到十歲，達娜和偶爾出現的凱特還在一旁擔心他會不會跌倒。「你們搬來紐約後他顯然經歷不少事情。」

「如果你們是聽了其他警察的八卦才這樣問我，那我得好好糾正你們。我們的確有人出軌，直到三年前達娜才向我坦承然後離家出走，她告訴我……凱斯不是我的親生兒子。」

我差點撞上前面的垃圾車。

「什麼？」我吃驚地轉身。

「專心開車，榭爾溫。」戴爾連忙把我抓回駕駛座。

「我不在乎，我愛他們。」哇喔，洛文竟然臉紅了。

「真是無私。」戴爾若有所思地望著後照鏡裡洛文的倒影。

「那男人是她高中同學，是個不會顧家的酒鬼。我不在乎達娜十幾年前犯下的錯誤，我愛她和孩子們，他們對我付出太多我根本無法報答，而她卻想就這樣默默離開……」

「但凱斯知道嗎？」我再度捏緊方向盤。

「他和凱特都不知情，他們認為是我的工作讓達娜無法忍受……他們一定很恨我。」

「如果你讓小孩知道這些他們說不定能諒解，或至少不那麼恨你。」戴爾悄聲說。

「我不認為我有勇氣告訴他們，尤其是凱斯，我不敢想像他會如何反應……」洛文無助地低下頭。

這一切實在讓我難以置信，現在所有事情簡直像顆亂成一團的毛線球，抓到一條線索只會拉出更多難以想像的麻煩。

「對了，這是什麼？」洛文現在才想起那顆握在手裡的小土球。

「除靈道具，用戴爾他祖先墳墓的土燒成的。」我故作輕鬆地答腔。

「噁！」

「你似乎在知道我的『事情』後對我更加反感了。」戴爾歪嘴笑著。

「我沒興趣了解你的巫術跟性癖好。」洛文瞪了他一眼。

「我能理解，這可是人民保母的偉大原則，一視同仁對待同志與有色人種。」

「我只是有事相求罷了，小痞子，可沒時間關心你們的感情生活，況且我從來沒對你說過什麼不尊重的話。」

「但你對他態度很差啊洛文，戴爾曾被傷害過你就體諒他一下嘛。」我把車停在博物館後門，但洛文聽到我這番話後那副受到驚嚇的神情卻讓我感到訝異，好像他被指控做了什麼壞事一樣。

寶玲・考夫曼果然又從警衛室裡走出來，瞄了洛文一眼便狐疑地翹起眉毛。

「那傢伙是警察吧？」她對我耳語。

「真有妳的，福爾摩斯，妳是怎麼發現的？」她的反應讓我笑了出來。

「直覺。」她白我一眼。

當我們再度踏進寶玲的辦公室時，一陣童音讓我們全都驚訝地往角落望去。

「馬麻他們是誰？」五官深邃的小女孩正目不轉睛地盯著我們。

「寶寶寶玲她是……」我的下巴快掉下來了。

「我女兒啊，怎麼了？」

「妳女兒？」

「噢拜託榭爾溫，我們都分手幾年了。」寶玲把小女孩抱起來走向我們。「跟帥叔叔和帥叔叔的帥男友問好。」她握著小女孩的小手對我們打招呼。

「鼠叔你們好。」小女孩有股奇特的口音。

「我比較好奇大半夜把小孩帶來博物館是怎麼回事……」洛文警官不快地觀察四周。

「沒辦法啊警察先生，薩瑪（Salma）最近才跟我丈夫搬來美國，光是尋找適合小家庭的房子就搞得人仰馬翻。」寶玲對我們聳肩然後無視洛文驚訝的表情，我猜洛文一定在懷疑我們身邊的人都有超能力之類的。

「我記得妳來這工作沒多久又跑去歐洲攻讀博士對吧？」我暗自計算小女孩的可能年紀，我記得寶玲在一九九六年就去比利時念書了。

「是啊，我在那遇到未來的老公，四年前年就生了這個小傢伙。」寶玲露出愉快笑容。「你們這次又怎麼了？我要不是今天有事要辦一定會錯過你們的電話。」

「那是……」我準備掏出那尊破掉的雕像，但門把轉動聲讓我緊張地抬頭。門縫裡探出另一張五官深邃的古銅色臉龐。

「這就是妳的深夜訪客？」那人好奇地上下打量我們。

「沒錯親愛的，這兩位私家偵探有事相求。」寶玲拉開門讓他走進來。「這是我老公以薩克・薩伊德（Isaac Said），他是考古學家。」

「寶玲跟我講了很多你們的事情。」他的視線突然掃向我，這讓我開始擔心起過去與寶玲的關係。「外加我還滿喜歡你在尼克隊裡的表現，哈雷先生，你被開除時我比寶玲還傷心啊。」

好吧，也許他不會太討厭我。

「以薩克在這裡的話或許能提供更多幫助，你說你們找到雕像對吧？這個他可能比我更熟。」寶玲對我說。

「好吧……」我從口袋挖出那個鐵灰色的小東西，以薩克看了它一眼便皺起眉頭。「怎麼了嗎？」

「看起來像來自中亞的東西……」他坐在寶玲的電腦前快速敲打鍵盤，幾分鐘後一份貌似商品型錄的檔案出現在螢幕上，但上面的圖案都是黑白照片不然就是手繪插圖。「我有位認識的學者在阿富汗內戰[25]結束後便一直協助他們的國家博物館整理館藏，你手上的東西很像我以前在他課堂上看過的前伊斯蘭時期[26]藝術品。」他繼續搜尋一陣然後發出驚嘆。

「怎麼了？」洛文警官緊張地湊向螢幕。

「哈雷先生，你是在哪找到它的？」以薩克指著我手上的雕像問道。

「說來奇怪，我們是在一間飯店的通風管裡發現的……」我不解地回應。

「我必須說這實在太巧合了，但我還是得跟那位學者確認才行，畢竟這不是我擅長的領域，只是長期跟他通信才知道的。你手上的東西可能是某尊雕像的碎片。」以薩克指向螢幕上的黑白照片，那是尊頗巨大的雕像，上頭點綴許多像我手中碎片一樣的鐵灰色小動物。

「這東西怎麼會出現在千里之外的美國？」洛文謹慎地看著我們然後恍然大悟地睜大眼睛。

「難道是失竊的古文物？」

「很有可能，因為螢幕上這批文物最近才被找回來，但上個月又不翼而飛，有人買通倉庫守衛把它們偷走了。」以薩克面色凝重地看著我們。

「這就是史丹利對那東西如此執著的原因？噢……該不會是他……」戴爾對我低語，似乎已得出結果但仍不敢妄下定論。

「遺落在飯店裡的失竊古文物……難不成……是賽勒斯？」我想起天竺鼠選美時和賽勒斯・巴特勒的談話。

25 這裡指的阿富汗內戰是一九八九年到二〇〇一年之間從蘇聯撤出到塔利班政權興起期間的內戰。

26 前伊斯蘭時期則泛指中亞地區在伊斯蘭教興起前的時期，在建築與藝術創作上擁有不同於伊斯蘭化之後的特色。

「但賽勒斯又是怎麼把雕像弄進隧道裡的？」戴爾的聲音在我腦中響起。

「你懷疑真兇是他？」我抓住他的手臂。「如果雕像的確是失竊文物，那麼賽勒斯就會變成最有嫌疑的人……」

「喂你們兩個，這是怎麼回事？你們帶警察來該不會就是這緣故？」寶玲警戒地看著我們並把一臉好奇的薩瑪抱得更緊。

「妳到底怎麼知道我是警察的？」洛文不安地瞪著她。

「直覺，你長得一臉正氣凜然。」

「好吧。」

「我們正在調查一起疑點重重的槍擊案，如果雕像碎片確定是失竊文物，目前被警方認定是兇手的嫌犯也許能恢復清白。」我向寶玲和以薩克解釋。

「我會幫你確認，但你們得帶著這東西到處跑嗎？」以薩克不放心地指著雕像碎片。

「恐怕需要，我們會持續和你們保持聯絡。」我現在只想知道賽勒斯那個王八蛋住哪，這要是真的我會很想揪著他的耳朵把他扔進監獄，當然，先痛扁一頓再說。

「好吧。」他仍不放心地盯著我手中的雕像彷彿怕我會把它弄得更破爛。

離開博物館前我們和寶玲一家閒聊一陣，才得知以薩克目前在中美洲做研究，他秀出幾張在著名的馬雅金字塔旁拍下的照片。

「沒辦法，中東我實在待不下去，那裡讓我心力憔悴，雖然我有巴勒斯坦血統但終究是個過慣西方生活的人，很諷刺對吧？」以薩克在警衛室對我們說道。「要是繼續待在那兒恐怕會改行從政啊！」

「但你不也跑到尤加敦半島研究馬雅人了？」我打趣回應他，發現他身上穿了件豹頭人身圖案的T恤。「這也是馬雅文化的圖像？」我指指他的T恤。

「喔不，這是阿茲特克人的美洲豹戰士（Jaguar warrior），但美洲豹的確在中美洲文化扮演重要角色。美洲豹快如疾風又能在夜間獵食，是種很適合成為神話元素的動物，例如在我研究的馬雅文化裡被認為能穿梭陰陽兩界，同時也是象徵人間之火的神祇形象。」

「人間之火？」呃，不要再有火了，這讓我想到暗影那老頑固。

「是啊，或是代表夜間太陽（Night Sun）[27]，這個神祇通常會在有火與焚香的儀式中被提及，文獻中也會稱呼馬雅祭司是火焰掌管者（master of fire）。」以薩克興味盎然地解釋然後笑了出來。「抱歉！職業病又犯了，你們還要忙著辦案我卻在跟你們講課！」他笑到眼淚都流出來了，這股爽朗的確和寶玲很相配。

戴爾上車後有些落寞，我擔心地揉著他的肩膀希望他能抬頭看我。

「我們得去賽勒斯家確認對吧？」我決定不顧洛文在場就親吻他，雖然洛文似乎不在意我們的舉動。

「嗯，他家在紐黑文，但要用什麼名目拜訪呢？」戴爾輕啄我的下唇。

「我也不知道，恐怕只能隨機應變了……」我轉而湊向他的頸子嗅聞那股微弱的雪松氣息，

[27] 夜間太陽指的是馬雅神話中的太陽神Kinich Ahau夜晚於陰間活動的形象，馬雅人相信白天與夜晚各自代表陽間與陰間。

我現在非常需要那股讓人安心的味道。

「咳咳，你們好像有點過頭了。」洛文白了我們一眼。「所以要趕到紐黑文？死者姪子的家？」

「沒錯，如果不介意的話我們現在就要出發了。」我掏出地圖尋找目的地。

「很好，不過霍特伍德剛才看起來有點難過？該不會是因為見到那位女士的家人吧？」洛文竟然會主動關心戴爾，這真是奇蹟。

「我只是想到死去的父母而已。」戴爾輕描淡寫地回應。

「也是……我很遺憾。」洛文嘆口氣瞪著窗外。

「其實我只是有些忌妒罷了，婚姻、家庭、孩子，那些我們無法擁有的東西。」戴爾在我腦袋裡說道。

我感到內心一陣刺痛，這的確是我們無法擁有的。

「我愛你，戴爾，沒有什麼能改變這件事。」我悄聲說。

「我知道。」他的嘴角泛起微笑。

「你們……有想過共組家庭這件事嗎？雖然法律並不允許。」洛文突然想到什麼似地開口。

「你何時這麼開明了？」戴爾瞇眼回應他。

「我只是覺得經營家庭……是件苦樂參半的事情，也許在很多時候痛苦多於快樂。單純是過來人經驗，你們聽聽就好。」他又跟戴爾要了根涼菸。「別變得像我這失敗的丈夫與父親一樣。」

「不，洛文，你怎麼會是失敗的丈夫與父親？我們會幫你把孩子找回來，別這時就洩氣了。」我實在很想把他抓起來搖一搖叫他振作點。

「謝謝你們……」他的眼眶有點發紅，我想還是別再說下去好了，他要是哭出來鐵定會惱羞罵我們。

「我聽你們剛才在聊火焰巫師？」路德的聲音突然從後座傳出，這讓洛文發出淒厲的慘叫還差點撞上車頂。

「滾回行李箱！」我對那兩隻抹滅者怒吼。

「這什麼怪物！」洛文嚇得快要爬到前座來了。

「抹滅者，洛文警官，去年遇上的那兩隻。」戴爾對牠們猛翻白眼。

「但怎麼會變成說話的天竺鼠！」洛文狼狽地試圖拍掉身上的兩隻地獄天竺鼠。「走開啦！」

「哎呀這不是兇惡的警察杯杯嗎？好久不見，你看起來超憔悴的。」法蘭茲愉快地在爬到他頭上。

「你們該不會殺人獻祭把牠們請出來吧……」

「怎麼可能！」我努力憋住幸災樂禍的笑聲。「這說來話長，牠們是自己跑出來的，可以說是被我們收服了。」我用眼神阻止路德進一步說明。

「但你們剛才說的火焰巫師是什麼？我們沒談到那東西啊？」戴爾耐住性子問牠。

「我們聽力好的要死，你們剛才在車外聊到馬雅祭司，那些老傢伙擅長的把戲並沒有完全絕跡，但老學究要是聽到絕對會嗤之以鼻的。」路德舉起毛絨絨的小爪子對我們比劃。

「馬雅人的確沒消失啊，他們的後代在中美洲活好好的。」我把通識課學到的東西搬出來對付牠。

「是這樣沒錯，殿下，不過擁有通靈能力的人在各種文化中都曾擔任不同的工作，一些能力特殊的通靈者則是能操縱自然元素，通常是火焰，畢竟火焰對人類有著無可抗拒的吸引力。」路德真的比法蘭茲有用多了，雖然都只會出一張嘴。「古馬雅祭司被稱為火焰掌管者不是譬喻，但已經沒人知道這批巫師的下落。」

「因為文獻被西班牙人毀掉了？」

「差不多。以前真的有祭司能操縱火焰甚至與超自然世界對抗，在地獄我們叫這群該死的傢伙火焰巫師。」路德像個保全公司退休的老頭一樣嘮叨。「但好景不常，魔法敵不過槍砲與疾病，他們在歐洲征服者的入侵下銷聲匿跡，早在數百年前我就沒聽過火焰巫師的消息。」

「暗影……那傢伙該不會是……」我回想暗影的招式，雖然只見過一次，但那顯然就是路德說的火焰操縱者，他該不會是馬雅祭司的後裔？

「那個喜歡吃炒麵的巴西大叔嗎？」法蘭茲歪頭看著我。

「我跟戴爾看過他施展法術噴火的樣子。」

「那些火焰似乎能燒掉鬼魂。」戴爾噘起嘴回想在達柯塔公寓遇到的情況。

「啊哈！那就是火焰巫師沒錯！他們能把難纏的靈魂送回老家，就連惡魔也會被他們的攻擊狠狠傷害！」路德用那幾根小爪子拍起手來。

「但這下怎麼通通聚集到這兒來了？惡魔、火焰巫師，還有你們，這到底是怎麼回事？」法蘭茲不安地在洛文頭上打轉。

「看來我又被捲進狗屁倒灶的怪力亂神裡了……」洛文哀號著倒回座椅。

「你來找我們不就已經有心裡準備了嗎？」戴爾幸災樂禍地說。

「我不知道會變這麼複雜！」

「真的，還得小心突然冒出來的特殊部門。」我總覺得特殊部門不會輕易放過我們，一定還躲在哪準備出擊，不過這個疑慮卻讓我有些放心。天啊，我何時這麼信任公務員了？

（巴特勒大宅，紐黑文，康乃狄克州）

凱斯・洛文聞到煎培根香氣，這讓他的腸胃再度攪動起來。

老鮑端著一盤食物走進房門，但凱斯卻同時聞到濃烈的狗騷。

狗狗？這裡有狗嗎？他四處張望卻找不到氣味來源，只好推測眼前的地中海禿大叔是在哪摸過狗才走進來的。他不知道自己身處何方，甚至不知道過了幾天，他只記得逃離法院後就被彼得和姐姐與眼前這位中年人拉進車子，等到他從瞌睡中醒來時才發現自己被關在一間漆黑骯髒的房裡。

「我一直沒詢問你們帶走我的意圖。」凱斯一邊咀嚼培根一邊緊盯老鮑。

「因為你是清白的，我們一直都知道。」老鮑聽起來很像宿醉未醒，但他看起來明明清醒得要命。

「這一切都是超自然現象對吧？我知道爸爸曾經捲入怪事，你是不是跟他有仇才抓走我？」凱斯鼓起勇氣直視老鮑。

「真是冷靜的孩子。」老鮑搓了搓他的頭髮說道。

「別亂摸我的頭！噁！你狗味好重！」

「動物身上都有獨特的味道不是嗎？你的天竺鼠不也有鼠味？」

「我討厭狗！」凱斯現在只希望狄奇跟噴嚏精在一臉蠢樣的榭爾溫手上能活好好的，他萬分後悔把寶貝們交給那個失業籃球員。

「我有兩隻拉不拉多，我最喜歡跟牠們在院子裡玩球了。」老鮑對他咧嘴笑著。「這次出差我也帶牠們一併過來，不過牠們最近有點焦燥一直亂吠。出於狗主人的義務，我為牠們上了最棒的管理課程……」他的視線往盤子裡的培根掃去。

凱斯感到一陣噁心。

「你以為我把狗煮了嗎？真可愛，牠們就在門外看著你啊！」老鮑笑了出來，門外傳來幾陣狗吠。「總之我們會好好照顧你跟凱特，所以請好好當個乖孩子待在房裡行嗎？」

「你的目的到底是什麼？你到底是誰？你對彼得跟凱特做了什麼？」凱斯對他大吼。

「時間會給你答案，年輕人。」老鮑的聲音突然變成另一個他從未聽過的聲響，混合野獸般的低吼和蒼蠅嗡嗡聲，他甚至聞得到空氣中突然充滿硫磺燃燒的味道快要壓過狗騷。

老鮑走出房門摸了摸拉不拉多便爬上高聳的石砌螺旋梯，體內的地獄魔犬正在讚嘆這棟大宅的精巧設計，但要是出了亂子可能就會變成廢墟了，這真是可惜。他在樓梯上順便瞥了一眼凱斯牢房隔壁的另一個房間，確認珍妮還在呼呼大睡後便繼續前進。

滿臉駭然的賽勒斯・巴特勒正在地窖門口等待著。

「你會得到你想要的！拜託別殺我！」他像隻驚嚇過度的吉娃娃。

「我無法決定你的生死，巴特勒先生，不過你大可轉過頭看看主人意下如何。」老鮑的雙眼已轉為不詳的紅光。

「主人？什麼主人？」

「轉過頭就是了。」

賽勒斯轉頭後發出淒厲尖叫。

（特殊部門支部，紐約）

伊迪絲・查瑟把紙箱砰一聲扔上桌子，讓整間辦公室頓時充滿塵土害得所有人瘋狂咳嗽起來。

「伊迪絲！」宅詹差點飆出髒話。

「我突然慶幸自己掛了。」林瑪莉幸災樂禍地說。

「找到了！原來都藏在紐約的檔案庫裡！」伊迪絲像個拿到新玩具的小孩般翻攪泛黃紙張。

「這些就是妳說的……關於我父母被殺的資料？」愛琳不放心地走向她。

「沒錯。當時我們還在中情局而且冷戰還沒結束，上頭阻止我們繼續追查。」伊迪絲遞給她一張貼有照片的表單。「德瓦夫婦到東柏林調查探照燈石油公司販賣軍事機密給蘇聯的醜聞，卻因為不明原因身亡，這使得當局找不到證據起訴那個該死的骯髒企業。」

「這是……驗屍紀錄？」愛琳無法直視那兩張照片。

「中情局不相信他們看不見的東西。」海嘉走過來撥開她覆在照片上的手指。「這些都不是槍傷，德瓦夫婦在東德遇上貨真價實的地獄居民，他們只是普通人根本無法招架。」

「但妳們是怎麼知道的？」

「很遺憾我們不是普通人。」

「聽起來真不是滋味。」蘇洛放下報紙說道。

「別這樣說，迪亞哥，你也不是普通人，要不要過來試試？」海嘉愉快地瞄了他一眼。

「試什麼？」蘇洛已經放棄對海嘉糾正名字這件事了。

「好在總部沒把這堆資料帶去內華達，不然早就搞得雞飛狗跳，所以快點移動你的屁股過來，還有宅詹也是。」

「好啦……」蘇洛碎念著接近堆滿舊檔案的桌子，當他觸摸那兩張貼有驗屍照片的紙張時立即像觸電般猛然跳起，跟在後頭的宅詹碰到照片後也隨即露出難看表情，但他的反應更加誇張，甚至直接痛苦地坐倒在地。

「沒事吧！」愛琳緊張地抓住蘇洛。

「隊長！」吳亨利連忙把宅詹扶起來。

「那是什麼東西……」蘇洛嫌惡地瞪著那些紙張。

「還好我們人在這裡能壓住這股力量，要是被經驗不足的通靈者摸到準會吃足苦頭。」伊迪絲把驗屍紀錄塞回紙箱，順便無視蘇洛對於經驗不足這句話的抗議。

「但我為何沒感覺？」愛琳害怕地看著她。

「有時當個普通人不是件壞事，愛琳，但總有破壞規則的混蛋想溜出地獄搗亂，這時就需要我們這群怪咖出馬了。」伊迪絲揉她的肩膀回應道。「你們剛才看到什麼？」她轉向仍在喘氣的蘇洛跟宅詹。

「很噁心……不想說……」蘇洛痛苦地抹掉臉上的冷汗。

「說吧，你們只是嚇到而已不會有事。」

「那些照片……藏了那兩人死前看到的最後畫面。」宅詹深呼吸一陣後開口，他無法理解自己為何會對那個影像……不，那個怪物，他竟會感到如此熟悉。

「說對一半。」海嘉把紙箱蓋上。「德瓦夫婦是被來自地獄的力量殺死，但你們之所以能看到殺死他們的真兇是因為那東西的力量留存在他們的屍體然後跟著進入照片，即使屍體腐化，照片仍然保存了那股強大力量。」

「妳的意思是那隻像狗的大怪物是很厲害的惡魔？我只看到那個……很噁心的一隻狗……」蘇洛上氣不接下氣地回應。

「我們當時在歐洲到處調查才逐漸拼湊出殺死愛琳父母的惡魔究竟是誰。我們那時已經懷疑是地獄魔犬幹的好事，但由於那傢伙在同一年就銷聲匿跡彷彿從未出現在人間，我們便失去了線索並被禁止繼續調查，直到剛才的發現才證明我們的推測是對的。」

「更麻煩的是當惡魔再度出現時，牠們曾經留下的痕跡會與之共鳴更加明顯，就像這兩張照片。」伊迪絲指著紙箱說道。

「所以妳們的意思是地獄魔犬又回來了？」蘇洛發出哀號。

「顯然，我們得盡快找到牠。」她正在苦思另一件事，但艾倫・圖西現在不在這兒會是個麻煩。

（特殊部門總部，內華達州）

艾倫・圖西皺眉瞪著眼前兩位探員。

「我不敢妄下決定。」他已經很久沒見過海嘉與伊迪絲突然出現在面前了，他記得這樣做相當耗損體力。

「把光圈還我們，不然我們快累死了。」一對雪白色翅膀從海嘉背後升起。

「如果妳們選擇逃跑……」

「這對天使有啥好處？」伊迪絲也伸出翅膀舒展起筋骨。「有混蛋想破壞平衡，這是兩方都無法容許的。」

「保護那些孩子，我求求妳們。」他終於放棄抵抗，兩團光球從胸口冒出飄到海嘉與伊迪絲的頭上，頹然倒回辦公椅上粗聲喘氣。

「不用你提醒，趕快恢復精神吧。」海嘉輕拍他的肩膀。

「我感覺到那群混蛋了，果然還是要光圈在身上才行！」伊迪絲閉上眼集中精神，她看見黑暗中有幾團硫磺火焰正猛烈地燃燒，而地獄魔犬正在一旁咆哮著。

「在哪裡？」

「……紐黑文……先回紐約跟小鬼們碰頭吧。」伊迪絲握住她的手，兩對翅膀碰觸彼此便化為一團炫目白光消失在空氣中。

（巴特勒大宅，紐黑文，康乃狄克州）

巴特勒大宅外的黑色圍牆爬滿常春藤，牆上的雕花洞孔透出一片蒼涼與一幢墨綠色的哥德式建築，這場景不知為何讓我想起《厄舍府的沒落》[28]。

「有夠陰森。」洛文警官低聲埋怨。

「我打給賽勒斯看看，或許他正在裡頭狂歡。」戴爾掏出手機撥號，當他看到大宅門口的鑄鐵大門時眉毛頓時翹得老高。「榭爾溫……鐵門……」

我連忙望向大門，發現上面的裝飾是堆像天竺鼠的生物，但牠們頭上都長了對犄角。

「有點……詭異。」我不解地看著那堆怪異的金屬雕花，就連路德跟法蘭茲也不知該如何解釋那些圖像。

「藝術品。」路德也只能聳肩評論。

28 《厄舍府的沒落》（*The Fall of the House of Usher*，1839）是愛倫坡（Edgar Allan Poe, 1809-1849）的短篇小說。

「品味真差。」法蘭茲發出不屑的笑聲。

「他說ＯＫ。」戴爾放下手機。「或許賽勒斯也對凱斯被擄走這件事很關心吧，一副想把凱斯關進大牢的樣子。」

「該死的畜生！」洛文惱怒地低吼。

「別表現得太明顯，不然賽勒斯拒絕開口會很麻煩。」我只能試著安撫心浮氣躁的洛文。

有著詭異雕花的鑄鐵大門緩緩敞開，我踩下油門讓勞斯萊斯駛進大宅前蜿蜒的卵石路，最後將車子停在墨綠色房子的門口。下車後我們東張西望觀察這片荒涼景象，大宅周圍的草地缺乏整理快要比人還高，不少區域已枯黃宛如莽原。然而一股氣味吸引了我的注意力，似乎是牲畜加上穀倉裡乾草的氣味。

「這裡有馬廄嗎？」洛文皺起鼻子問道。「我對動物毛過敏。」

「難道這就是你無法帶凱斯參加比賽的真正原因？」我恍然大悟地看著他。

「沒錯……我真的很抱歉，我跟一堆動物關一起絕對會受不了。」他低下頭。

「我感覺到另一種東西。」戴爾警覺地看著四周。「非常微弱但讓我相當不舒服，彷彿有個來意不善的傢伙正在窺視我們。」

「我沒這種感覺，但這股動物味也未免太重了……」我對他耳語。

「我反而沒聞到你說的味道。」他皺眉看著我。

「你們都感覺到一樣的東西。」路德在我的肩膀上不安地踱步。「只是能力差異造成感知上有所不同而已。」

「什麼意思？」洛文狐疑地看著我肩上的兩隻地獄天竺鼠，他一定很納悶自己為何沒被牠們搞得噴嚏連連。

「霍特伍德是強大的通靈者，所以能直接感應超自然物體散發的力量，但殿下跟警察杯杯只能感覺到外在特質，不過已經比普通人厲害了。」法蘭茲看起來也很緊張。「有來自地獄的怪物在附近，比我們更強大，但我無法辨認是誰！」

我頓時感到寒意爬上背脊，右手已經伸進口袋緊握槍管。

「但這股力量相當微弱，很難判斷距離我們多遠。」路德抬起頭到處嗅聞想找出那股力量的來源，當牠正在苦惱地搔著腦袋時，大門便咿呀打了開來，那兩隻披著鼠皮的怪物立刻消失在我肩膀上。

「到處閒逛，有事叫我們！」法蘭茲的聲音從空氣中傳來。

「真是稀客……差點被你的電話嚇死……」滿臉醉意的賽勒斯・巴特勒搖搖晃晃地出現在大門裡。

「哈囉，賽勒斯。」戴爾對他歪嘴笑著。

「進來吧。」他在我們進門後踢了大門一腳將它關上。「我已經很久沒見到你了，戴爾，上次事發突然沒能跟你好好敘舊。」他領著我們走進昏暗的大廳，牆上掛滿巴特勒家歷代主人的肖像畫。

「也是，我們離開預備學校就沒再碰面了。」戴爾似乎在享受賽勒斯充滿愧疚的神情。

「我跟史丹利叔叔學了繁殖天竺鼠的竅門後就一直窩在家裡當養殖戶，偶爾做古物獵人的生意順便上上電視節目。」賽勒斯坐進沙發為自己倒了杯酒。「所以……你們有那案子的下文嗎？那小子被抓去哪了？」

「警方還在調查，不過我們倒是在飯店裡找到些線索。」洛文不滿地瞪著他。

「什麼線索？等等，你是警察對吧？」賽勒斯愣了一下。

「別緊張，巴特勒先生，我們來找你是為了請教你問題。」洛文示意我掏出雕像碎片。當那團鐵灰色物體出現在桌上時，賽勒斯像是大夢初醒般瞪大雙眼。

「賓果。」戴爾的聲音在我腦海響起。

「這是在飯店通風道裡發現的，就在史丹利死時壓住的活門下面。」我對他比劃。

「雖然已經找人鑑定過可能是中亞的文物，但你或許也能提供建議，畢竟你也滿在行的對吧？」洛文擺出壞警察的嘴臉。噢拜託，這傢伙演技也未免太差。

「我看看……」他從胸前口袋掏出放大鏡檢查，一會兒後放下雕像對我們嘆氣。「還需要更精細的確認，你們可以跟我到地窖看看嗎？我的工作室在那。」他指著客廳外的長廊問道。

「你確定要帶警察下去？底下顯然有成堆贓物。」戴爾幸災樂禍地看著他。

「欸拜託別這樣！你們不是要請教我嗎？先放我一馬好不好！」賽勒斯像個順手牽羊被抓包的小鬼哀號。

「下不為例，你們這些紈褲子弟真讓人頭痛。」洛文白了他一眼。

當我踏進石造螺旋梯時，比剛才更強的動物氣味竄進鼻腔，我連忙看戴爾一眼想向他確認，而他也微微點了頭。

「這裡有股動物味。」

「天竺鼠跟狗。」賽勒斯頭也不回地答腔。「天竺鼠冬天住在下頭，夏天才會移到院子裡的木屋，這裡長年悶著所以有牠們的氣味，至於狗……是因為我還養了兩隻拉不拉多當寵物，牠們很常跑下來玩。」

我四處張望想尋找犬隻蹤跡，卻發現牆壁上充滿剛才在鑄鐵大門上看見的那些天竺鼠圖樣。

「這些又是什麼啊？」我好奇地指著一個浮雕。

「那是我以前在大學時的荒唐事蹟，戴爾大概不知道吧。」賽勒斯笑了出來。

「我當然不知道。」戴爾聳肩回應。

「出於好玩，我跟朋友們辦了個兄弟會，因為想不到名稱所以就用我的天竺鼠加上地獄火俱樂部（Hellfire Club）[29]，標誌就是隻長角的天竺鼠。」

「聽起來是個充滿縱慾狂歡的兄弟會。」我實在很難把這兩種東西想在一起，這真的有夠蠢，不管他們嗑了什麼都別拿給我。

「地獄鼠俱樂部，這就是我們的兄弟會名稱，聚會所就在我家。」賽勒斯停在一扇木門前說道。「在我們畢業後也隨之解散，畢竟只是損友間的小祕密。」

木門打開後飄出更濃烈的動物氣味，寬敞高聳的地窖牆上鑲嵌許多精緻的展示櫃，裡頭擺滿賽勒斯那堆來源大有問題的戰利品。地窖盡頭還有幾扇小門，一張圓桌被擱置在那兒，似乎是那

[29] 起源於十八世紀英國上流社會的私人俱樂部，成員經常做出許多被當時社會視為不道德的事情。

群絲褲子弟以前舉行晚宴的地方。

我聽見有人在呼喚我的名字，但除了名字外只有一堆無法理解的語言。

榭爾溫……尼溫瑞赫……

只有我的名字和這個詭異的字詞不斷重複，其他我都無法解讀。尼溫瑞赫究竟是什麼？為何我會對這怪字感到異常熟悉？

賽勒斯停下了腳步。

「我就單刀直入吧，你們是不是老早就知道兇手是誰！」他轉身對我們大吼。

「那尊雕像是你的對吧？」戴爾不快地瞪著他。「你剛才見到那東西時嚇得跟什麼一樣。」

「你要怎麼證明？」

「你上個月到過喀布爾嗎？」洛文的眼神又恢復往常的銳利。

「你在胡說些什麼？」

「我們跟帕克先生聊了一下，顯然你有事情瞞著大家。」戴爾露出狡猾的笑容。

「該死！那個蠢貨！」賽勒斯氣極敗壞地瞪著我們。

「因為帕克先生的證詞和那尊雕像，你的嫌疑瞬間增加了不少，巴特勒先生。」洛文快步走向他。

「這沒你們的事！該死！我早該猜到東西掉在那裡！」賽勒斯立即掏出一把左輪，我跟戴爾也同時拔槍對準他。

「我早該猜到是他，那種槍是他的最愛。」戴爾咬牙低語。

「你射擊史丹利之後他並沒有馬上倒地對吧？」洛文沒有丁點畏縮。「鑑識組在牆上驗出他的指紋，他中槍後先是用手撐在牆上。」

「我什麼都不知道！」賽勒斯對我們咆哮。

「你開槍後凱斯剛好走了進來，他顯然是驚嚇過度而忘記所有事情，在你把東西交給他之後便從活門逃跑。」我說出對於那場謀殺案的推測。

「而史丹利這時才斷氣並倒在上頭。」洛文狠狠瞪著他彷彿要把他碎屍萬段。

「不！這全都是誤會！我沒有那個意思！」他痛苦地哀號。「他！史丹利！他想揭發我！」

「這是什麼意思？」我想起史丹利喜好八卦的個性。

「我只不過幫人談生意而已！我承認我偷了喀布爾博物館的東西但那只是順便！史丹利那混蛋想整死我！」

「談生意？」

「我去了喀布爾談軍火生意！只是受人之託！史丹利那傢伙抓到我的把柄就想害死我！」他絕望地跪倒。「我從實招來就是了！我是受害者啊！」

「該死！怎會牽涉到這種事情？」洛文爆出咒罵。「抓住他！我得快點連絡同事！」

戴爾毫不留情地踢開賽勒斯手上的左輪，下一秒就將他壓制在地。

「看來你這幾年幹了不少骯髒事，親愛的。」戴爾對他耳語。

「你沒資格說我你這死玻璃！」賽勒斯馬上哀號著更貼近地板。

「看來古物獵人真的只是幌子。」我舉槍對準他深怕他會逃跑。

「我那時快要身無分文！我唯一的親人……那個該死的史丹利根本不想幫我所以我才鋌而走險！」他哀號道。「他不僅不幫我，當他發現我的祕密後還想把我給毀了！」

「你說是受人之託，那委託人又是誰？」戴爾快把他弄脫臼了。

「我不能說！會死的！我不想死！」

我又聽見那個呼喚我的聲音。

洛文的手機突然掉到地上，駭然瞪視地窖盡頭那張圓桌，圓桌上頭竄出一團熊熊燃燒的紫色火焰。

四周忽然充滿硫磺燃燒的惡臭幾乎遮蓋動物味。

安東尼・戴維森從火焰中走出了來。

第八章　大難臨頭

「好久不見啊，尼溫瑞赫。」安東尼愉快地開口。

這到底是怎麼回事？難道安東尼也不是人嗎？

「我很佩服你們的能耐，但我還期待更多精彩演出，尤其是你，榭爾溫·哈雷！」他身旁出現兩團火焰。

被五花大綁的珍妮和凱斯從火焰裡冒出。

我跟洛文死命衝向他們，然而在我們快接近圓桌時，珍妮和凱斯的臉卻開始扭曲起來變得猙獰。

凱斯頭上長出一對角，手中竄出一根著火的木杖朝洛文揮了過去。

「凱斯！」洛文痛苦地倒地。

「真好騙！」凱斯早已變成那個黑上衣小鬼。

我吃驚地瞪著眼前景象，而珍妮也在此時變成一個半邊臉毀容的高瘦怪老頭對我獰笑。

「哈囉尼溫瑞赫，你還是一臉蠢樣啊！」怪老頭伸手揍了我一拳。

「這是怎樣！」我摔到一旁時對他們大吼，但賽勒斯卻突然爆出慘叫，我轉過頭才發現他滿手是血地爬到牆邊。

「怪物！你這怪物！」賽勒斯已經嚇尿了。

「當時應該毀了你才對，我竟然還相信自己對你有丁點期待。」戴爾看著胸前一片血跡說道，雙眼再度閃爍那道紅色光芒。

「你沒事吧？」我顧不得疼痛趕緊跑到他身旁。

「已經復原了。」戴爾反而擔心地揉著我的臉頰。「他在口袋裡藏了把小刀。」他指指地上一把染血的刀子。

「該死！但你這樣不是會失血過多……」當我正要抓住他的肩膀時，四周突然竄出一堆紫色火焰將我們包圍。

「看來演員全都準備好了！」安東尼憑空變出繩子將洛文綁了起來。

「饒了我！安東尼！我求求你！」賽勒斯歇斯底里地對他哀號。「我已經給你想要的了！拜託！別殺了我！」

「蛆蟲給我閉嘴！」安東尼的聲音聽起來像幾十台卡車爆炸般震天作響，賽勒斯頓時口吐白沫昏了過去。

「連當狗食都不夠格。」怪老頭不屑地啐道。

「這到底是怎麼回事？快說啊！」洛文無視身上的束縛對他們怒吼。

「你是個善良的人，警察先生。」安東尼對他咧嘴而笑，那張笑臉絕非人類能擺出來的。

「你那對子女……喔不，你女兒加上那小雜種的確是很棒的誘餌。」

「你好大的膽子！」洛文啐了他一口並立即遭到怪老頭的狠踹。

「竟敢對殿下無禮！」

「無須動怒，公爵，我現在需要你把狗叫來。」安東尼高傲地對怪老頭說。「至於榭爾溫跟戴爾……不，應該這麼說好了，我親愛的弟弟尼溫瑞赫跟他骯髒的小情人，你們永遠也無法逃出地獄手掌心。」他朝我們快步走來。

「你現在到底是什麼東西？該死！那珍妮跑哪去了？」我感到絕望襲來，難道珍妮已經被他傷害了嗎？還有凱斯，該不會就是他綁走凱斯的？但這又是為什麼？安東尼的目的到底是什麼？尼溫瑞赫又是誰？

「她安全的很，你應該擔心自己才對，不過看在你們已經忘記過去的份上我還是說個故事好了。」安東尼瞪了怪老頭一眼想把他趕出地窖，但那個黑衣小鬼卻突然警覺地看著四周彷彿有人闖入。「又怎麼了？」黑煙從他的雙耳竄出彷彿正在壓下熊熊怒火。

「那個……老大……有人闖進來……感覺有點厲害……」黑衣小鬼用木杖指指天花板。

「消滅他們！」安東尼的咆哮讓他們落荒而逃。

「是你……綁架凱斯嗎？」我鼓起勇氣開口。

「那小鬼跟他姐就在我手上，這可是把你們引來的好誘餌。」安東尼身後的木門驀地打開，裡頭走出一臉茫然手裡拿著槍的凱特。

「你對她做了什麼？畜生！回答我！」洛文憤怒地掙扎。

「我只不過請僕人告知她一些事實而已……你們夫妻企圖向孩子隱藏的骯髒事實。」安東尼彷彿在享受眼前景象般看著被五花大綁的洛文。「不過這不重要，凱特是個乖孩子與好助手，我這麼做反而幫了她。」

「你這個……唔！」更多繩子冒了出來將洛文的嘴巴封住。

「讓我想想看……家族祕辛、被隱藏的真相、必要的背叛，該有的經典元素都有了，現在還差什麼？」安東尼在我們身旁踱步。「啊，我想到了，還有愛侶為了理想而淒美地犧牲，這真是令人熟悉啊尼溫瑞赫。」他的視線掃向我，我感到喉嚨一陣燒灼彷彿火焰竄入體內。

「你已經不是安東尼而是附在他身上的惡魔，你現在根本無心掩飾那股噁心的氣息。」戴爾不快地皺起眉頭。

「還是老樣子認真啊，厄里亞德，你那淫蕩的身體到了人間竟能高坐金字塔頂，對卑賤的淫夢魔來說還真幸運。」安東尼又說出一個詭異的名字，頭頂冒出一對亮黑色犄角。「父王不智地選擇我那愚蠢又無能的弟弟繼承他的位子，那蠢貨的確不負眾望提早跟他老子對幹起來，最後和煽動他叛變的淫夢魔雙雙逃亡人間。而我……這次就是要來奪回應得的王位。」

「你不是要說故事嗎？」

「說完了，榭爾溫就是我那愚蠢的老弟尼溫瑞赫，而你，戴爾，很不幸地就是那個煽動我弟弟造反的淫夢魔厄里亞德。」

「簡潔有力。」

「太過老梗所以無需多言。」安東尼再次露出恐怖的笑容，凱特舉起槍管對準我們。

你的血能阻止一切。

那聲音為何又在我腦中響起？

巴特勒大宅外冒出一團白光，裡頭噴出幾個人影墜落在久未修剪的草皮上。

「痛死了！」蘇洛揉著屁股對那兩個德國大嬸抱怨。他摔進一座枯草堆，身上還壓著不小心一起被傳送過來的愛琳。林瑪莉俐落地降落在地磚上順便接住飛撲而來的吳亨利，宅詹則跟在後頭撞了上去讓刺蝟頭髮出一串咒罵，最後是路易毫不優雅地直接黏在地上。

「抱歉沒算好距離！」伊迪絲愉快地收起翅膀。

「哪門子的兩光天使……」他對正在拍掉身上灰塵的宅詹耳語。

「我也經常懷疑這件事……」宅詹不置可否地回應。

「第三帝國以為他們成功召喚兩個女武神，卻從不知道自己叫出了什麼東西。」海嘉滿臉笑容地向他們解釋。「我們的凡人之軀是生命之泉（Lebensborn）[30]的產物，大概是受原有力量影

30 生命之泉是二戰時期納粹德國的優生學計畫，計畫辦公室創立於一九三五年，一九三八年轉由黨衛軍首領希姆萊（Heinrich Himmler, 1900-1945）管轄，在德國及其佔領區裡挑選符合所謂優良雅利安人種標準的年輕女性與軍官生下小孩並送給黨衛軍家庭教養。除了生命之泉計畫外，納粹德國亦有在佔領區綁架適合作為國民的兒童帶回國內教養的行動。在長達十多年的營運下，生命之泉可能在德國、法國、荷蘭、盧森堡、波蘭、挪威等地產生約兩萬名計畫生育的嬰兒，許多在戰後被原佔領區的居民收養，但身分不幸曝光的孩童很可能會遭到其他居民的攻擊，而他們的母親則多有遭到驅趕甚至被性侵的危險，而北歐國家如挪威則有將生命之泉計畫生下的孩童作為藥物實驗品的紀錄。著名樂團ABBA的成員安妮－弗瑞德．林斯塔德（Anni-Frid Lyngstad, 1945-）為計畫倖存者之一，安妮的母親在挪威與一位德國軍官生下她，但軍官在戰敗後離開挪威，安妮的母親因害怕受到報復而帶著女兒與安妮的祖母遷居瑞典。

響，這具身體似乎老得挺慢的。」

「聽起來真可怕，納粹到底都在搞些什麼鬼東西？」

「很多鬼東西啊迪亞哥，但多半是人類的失敗狂想，我們恐怕是那些瘋狂科學家的意外之作。」她走向大門時說道，卻在碰觸巴特勒大宅那扇顏色詭譎的彩繪玻璃門時像被電到一樣抽回手指。「……惡魔設下的防護。」

「很強嗎？」伊迪絲也伸手摸了一下。「嗯……不好應付。」

「這下該怎麼辦？如果連妳們兩個都不好應付的話？」林瑪莉擔心地問道，卻隨即抬起頭四處張望。「有東西在附近！」

「什麼？」

「那裡！」路易指著不遠處的兩道黑影。

兩隻抹滅者跟他們打了聲招呼然後遭到猛烈砲火攻擊。

「欸欸欸停下來！」路德尖叫著逃竄。

「我們不是壞人啦！」法蘭茲巴不得馬上變回天竺鼠開溜。

「你們在這幹嘛？你們不是變成兩隻耗子嗎？」蘇洛對牠們大吼。

「殿下跟霍特伍德在裡面！」路德躲到一棵老樹後頭吼了回去。「欸不要射樹啦樹很可憐！」

「喔幹該死！那你為何沒跟著他們？」

「我們先在附近調查結果就進不去了！有惡魔在裡頭設下防護罩！拜託停火好嗎？」

「戴爾他們在裡面？」宅詹緊戒地盯著那兩隻怪物。

「還有那個臉很臭的警察。」路德高舉雙手從老樹背後走了出來。

「洛文警官？他怎麼也跟來了？」

「這防護罩無法被施咒者的同類解除。」路德戳著大門說道。「妳們兩個是天使對吧？我聞得出來。」牠狐疑地盯著海嘉與伊迪絲。

「沒錯，只是失業中而已。」海嘉聳肩回應。

「弄出防護罩的傢伙曾經是天使，並非我們抹滅者這種誕生自地獄的生物，所以基本上妳們也無法直接動手。」

「是啊，所以現在連進都進不去。」

「有辦法解開嗎？」宅詹惱怒地捏著槍管，他沒料到放走榭爾溫和戴爾會導致這種結果，他感覺自己好像害了那兩人。

「我先搞懂這是哪種咒語。」海嘉再次伸手放上門板，瞇起眼感受那股包覆大宅的強大力量。那是堆緻密無法穿透的紅色文字，和她在天堂使用的是同一種但字形較為複雜扭曲，當她找到關鍵詞時發出驚嘆。「這是……顛倒過來的貞潔咒？」

「哈哈怎麼可能？那些老變態？」兩隻抹滅者差點笑倒在地上。

「這下方法簡單多了，找個仍是處子之身的人類扔過去，但效用多大我可不確定。」伊迪絲搓著下巴說道。

「就這樣？找個處男處女扔過去就行了？」蘇洛不敢置信地瞪著她。「這什麼鬼咒語啦！」

「沒錯，就是個荒謬至極的咒語，但還要加上我們唸咒加持就是了。」

「但這裡有誰是……」

「扣掉天使阿婆還有我們幾個。」吳亨利看了眾人一眼。「我當然不行。」

「有夠下流的咒語。」路易無奈地搖了搖頭。

「我跟蘇洛當然棄權。」愛琳不禁翻了個白眼，但她無法解釋其他人似乎一直在對著一團空氣說話，她只好告訴自己這群探員中有些並非活人。

「我也無法。」林瑪莉不快地嘟起嘴。

所有視線都往宅詹飄去。

「……你們看我幹嘛？」宅詹感到臉頰一陣燥熱。

「說出來吧，這沒什麼不好意思的。」

「我……我……」他只想快點解決這個麻煩，不然可能就要眼睜睜看著樹爾溫他們被惡魔殺害甚至更糟的結果。

「我們要拯救世界對吧？」蘇洛毫無良心地憋笑。

「噢……好啦我承認我是處男可以吧！」

「很好，那我要開始唸咒囉。」海嘉再度張開翅膀，嘴裡念念有詞但無人能解讀，頭頂上的光圈發出劇烈白光，而宅詹身旁也同時出現一堆環繞著他並快速旋轉的文字。

「不得不說這真是種歧視……」林瑪莉聳肩說。

「對於貞潔的崇拜？」

「是的，歐哈拉小姐，人們總對貞潔有著莫名狂熱。」

「那個……我不會因此掛掉吧？」宅詹這才驚覺自己似乎要被獻祭了。

「不會掛掉啦，但你等一下可能會直接摔進房子裡所以請隨時保持警覺。」海嘉終於唸完她的咒語。「現在去摸那扇門吧。」

「好啦……」宅詹不安地將手放上門板，整棟房子立即閃爍起不詳的紅色光芒。

「太好了！這下有用！用力按下去！」

他吸口氣用力推了門板一下，厚實木板發出咿呀聲然後爆裂開來，伴隨外牆所有窗戶破裂的清脆聲響。他連忙伸手擋住濺滿全身的碎木片和碎玻璃，但吳亨利卻突然衝向前將他猛力推開。

兩條狗狂吠著衝了出來。

「搞什麼？」吳亨利立即對牠們開了幾槍。

「只是……拉不拉多？」跌坐一旁的宅詹愣愣地看著地上的狗屍，隨即感覺到一股熟悉的恐懼，從他摸到那兩張驗屍照之後就開始爬出記憶深層不斷侵襲著。

「糟糕，竟然把狗打死了。」吳亨利面帶愧疚地看著那兩條不幸的生物。

「警覺點你們這些小傢伙，這裡大有問題。」海嘉的表情變得異常嚴肅，當她看到大廳裡站著的人影時更是如此。「該死……這下真的是……」

老鮑緩慢轉向他們，雙眼早已被紅色光點取代。

「看來這裡有群不禮貌的客人。」大型犬的低鳴充滿整棟房子，他弓起背趴伏在地，西裝外套發出劈啪聲迸裂，灰色毛髮從縫隙中竄了出來並快速脹大，最後整個人爆炸般消失在煙霧中。

煙霧中走出一隻長了三顆頭的巨犬。牠咆哮著直衝而來。

無數子彈朝地獄魔犬飛去，大廳頓時充滿壁紙與水晶燈碎片，掛在牆上的油畫碎裂噴濺各處彷彿失敗的後現代裝置藝術。

「散開！快散開！」海嘉厲聲大吼。

林瑪莉早已變成綠色東方龍撲上三頭犬打成一團，卻在幾秒後被撕咬著甩到牆上。

路德與法蘭茲也衝了過去用雙臂展開攻擊，但牠們也隨即被力大無窮的巨犬打飛到一旁。

「瑪莉！」吳亨利飛奔到她身旁。

「我沒事！快想辦法擊敗牠！」林瑪莉甩了甩碩大的腦袋掙扎起身。

「欸死狗看這裡！」蘇洛抄起水晶燈殘骸朝牠扔了過去，試圖把牠從林瑪莉那頭引開。

「卑賤的蛆蟲！」地獄魔犬輕蔑地揮爪將他掃到一旁。

「噢！這下該怎麼辦？」蘇洛對海嘉與伊迪絲哀號。

「只能硬上了！那東西很難對付啊！」伊迪絲正在思考要先展開反擊還是先把愛琳送到安全的地方，她決定先衝過去痛毆那頭怪物並隨即被踢開。

三頭犬突然抬起頭嗅聞空氣一陣，六顆紅色眼珠瞬間掃向宅詹的方向。

「真是巧合，多麼熟悉的臭味……」地獄魔犬陰沉地笑著。

宅詹突然感到全身無法動彈。

「我竟能在這兒遇上那兩條蛆蟲生出來的東西……」三條暗紅色舌頭從狗嘴中伸出舔舐著。

「羅爾……我還記得這該死的姓氏……」牠咆哮著衝了過來。

「詹姆士——」吳亨利奮力撲上他將他推開，但一顆狗頭卻咬住了他。

宅詹絕望地目睹隊員被血盆大口撕咬然後甩進壁爐，手指無法自已地劇烈顫抖，最後不顧一切舉起槍管衝向那隻怪物。

吳亨利試圖移動四肢想爬出仍在冒煙的灰燼，但眼前卻突然閃爍起劇烈光線讓他痛苦地扭動哀嚎。

「得快點把愛琳送走！」路易飄到海嘉面前緊張地喊著。

「我知道！但現在唸咒很容易被攻擊啊！」海嘉看見吳亨利還活著後鬆了口氣，但卻隨即想到什麼似地慘叫一聲。「別靠近他！」她尖聲阻止正要抱起他的林瑪莉。

「我的新僕人已經誕生……」地獄魔犬的大腳踩住宅詹，牠愉快地看著吳亨利從壁爐中緩緩走出。他的雙眼也閃爍著不祥紅光，犬齒從上唇後方逐漸探出。「消滅他們！」

然而吳亨利卻像一陣風出現在地獄魔犬面前，狠狠賞了正中央的腦袋一腳讓牠哀號著撞上牆。

「亨利？你……」宅詹快要崩潰了，他剛才已在心裡好好為同僚哀悼一陣。

「誰都別想命令我！」亨利這才發現雙耳變成兩團三角形的毛茸茸物體。「該死！死狗你完蛋了！」

「你現在到底……」

「別哭了隊長，我不知道，但我現在很不爽！」吳亨利瞪了試圖起身的地獄魔犬一眼，那東西憤怒地甩著三顆正在滲血的腦袋，六顆眼珠彷彿快噴出火焰。

「該死的叛徒！我要宰了你們——」當牠再度發出讓人血液凍結的咆哮時，三道火焰從窗外噴了進來將牠包圍在火海之中。

暗影跳上窗框瞪視這場混亂，身旁佇立兩個披斗篷的人影。

凱特舉槍對準我們，她臉上沒有任何堪稱表情的東西存在，只有一抹讓人膽寒的微笑。

洛文身上的繩子突然消失無蹤，他絕望地衝向前試圖阻止正要開槍的女兒。

「不！凱特！住手——」

空氣中傳來槍響。

洛文倒了下來。

賽勒斯神色痛苦地趴在牆角，手中緊握扣上扳機的左輪。

「……爸爸？」凱特皺起眉頭。

我無視火焰的存在衝了過去，那些火焰竟然像被澆熄一樣從我身旁消失。

「別過來！我說別過來！」洛文舉起手試圖阻止我。

「殺了他！」安東尼的大吼讓凱特再次面無表情。

她從倒地的父親身旁走過，槍管再次對準我準備扣下扳機，然而手指已開始顫抖起來。

「你的死將能拯救所有人，尼溫瑞赫。」安東尼愉快地看著我。「下頭有數不清的懲罰正在迎接你，要是拒絕下地獄的話這些蛆蟲可是會完蛋的，我會在你面前把他們一個一個給……玩壞。」

戴爾的聲音突然在我耳邊響起，我發現他也穿過火焰擋在我和凱特中間。

「你不會得逞！」戴爾俐落地在凱特開槍前將她擊倒，搶過她的槍對準安東尼。

「差點忘記你的存在，我實在不想弄髒手來對付……」安東尼惱人的聲調在槍響下化為寧靜。

「我真的很恨他。」戴爾瞪了地上的腦漿一眼。

「呃……但他現在被惡魔附身了……雖然跟平常差不多討厭。」我蹲下來檢查凱特的呼吸，確認她還活著便趕到洛文身旁確認他的傷勢。

「好痛……屁股中彈……」洛文痛苦地半躺在地。

「好險只是屁股。」我故作輕鬆地扶起他。「來吧洛文，我們得替你包紮。」

「我還能走，快去把凱特抬起來！」洛文推開我後壓著受傷的屁股碎唸，我幾乎要因為他的反應喜極而泣，但現在不是感性的時候。

「安東尼說他綁架了凱斯……」戴爾揪住闖禍的賽勒斯對我們說。「還有珍妮，我總覺得他們就在地窖某處。」

「他們的確在地窖裡！」賽勒指著大圓桌後頭的幾扇小門。「安東尼和他的祕書突然冒出！接著是兩個我沒見過的傢伙……他們抓著珍妮跟那小鬼……他……他們憑空冒了出來然後變成怪物！」

「安東尼的祕書和另一個年輕人現在都被惡魔附身而且還在樓上活動，看來這會是場苦戰，不過得先把珍妮跟凱斯找出來才行。」戴爾瞟了賽勒斯一眼便把他扔回牆角，但一陣巨響讓他驚訝地瞪著天花板。

「……爆炸？」我拎著凱特走到他身旁。

沙塵從上面掉了下來，接著是碎石子和吊燈。

「天花板裂開了——」賽勒斯歇斯底里地尖叫。

我們拼命往地窖盡頭的小門狂奔，但天花板裂開的速度比想像中快速。就在我快要摸到門把時，一大塊瓦礫轟然墜落面前噴濺出許多碎片。

腹部突然傳來一陣劇痛，看來那些碎片把我刺傷了。

「樹爾溫！」戴爾尖叫著撞上我，更多瓦礫碎片從天而降。

你的血能阻止一切。

那道聲音又出現了。

所以我必須死去？如此才能拯救所有人？但這又是為什麼？為何是我？

我絕望地抱緊他們，凱特也正好睜開眼害怕地望著四周。

「我們完蛋了！」洛文跪在一旁吶喊。

我要拯救他們，但我該怎麼做？

「拜託……幫助我……求求你……」

我不知道自己在和誰說話，也許是那道不知從何而來的聲音。該死！到底要怎麼做才能用我的血阻止一切？快點告訴我啊！

我感覺血液從傷口流出，暈眩感越來越嚴重，那些暗紅色液體逐漸在地上匯聚，然而我卻看見那些鮮血開始閃爍起跟那些火焰一樣的紫色光芒。

你已看見答案。

那道聲音又出現了。

控制它。

另一塊碎片朝我們直衝而來，我抓緊所有人死命往小門衝去，但一道炫目的紫色光芒卻突然從我身上竄出讓我嚇得停下腳步害所有人摔成一團。

碎石全被紫色光芒彈了出去。

它突然轉為耀眼的金黃，更多光線從我身上竄出變成一個巨大的穹頂罩住我們擋下所有碎石，就連龜縮一旁的賽勒斯也被包在裡頭。

「這是……怎麼回事？」我看著不斷噴出光線的雙手呢喃，一陣巨響讓我立即抬頭，那個由金黃色光線組成的穹頂快被砸穿了！

我下意識握緊拳頭，這似乎讓那些光芒變得更熾熱，碎石又再度被頂了回去。

控制它？難不成這就是那兩個抹滅者所說被封印的力量？

我吸口氣集中精神，舉起雙手往上一推，所有石頭通通噴了出去。

這就是我，尼溫瑞赫，黑暗王子的力量。

那道聲音笑了出來。

原來那一直都是我自己的聲音。

天花板破了個大洞，但墜落到地窖裡的似乎不只有瓦礫和樓上的家具，有團東西正在前方的廢墟裡蠢動著並冒出煙霧，動物氣味又再度瀰漫空氣中。

戴爾掙扎著爬起來踹開其中一扇木門，我抓住凱特和洛文警官跟他一起鑽了進去，賽勒斯此時也狼狽地跟在我們後頭。

「這就是那兩個抹滅者說的力量？」戴爾撕下襯衫一角壓住我的傷口。

「我不知道……但顯然是……我剛才好像變出一個防護罩。」我不安地望著那坨正在蠕動的瓦礫。

然而瓦礫堆裡卻先竄出了一個較小的身影。

滿臉是血的安東尼憤怒地瞪著我們，但他背後隨即冒出灰頭土臉的暗影舉起手準備出擊。

（20分鐘前）

「這是家族聚會嗎？真讓我驚訝。」地獄魔犬在火焰中獰笑著。

「天啊我搞懂了！你們就是火焰巫師！」海嘉終於恍然大悟地叫了出來。

「現在沒時間閒聊！」暗影跳下窗框繼續對地獄魔犬噴火，兩個門徒也隨即加入他的攻擊。

「你們這些蛆蟲已無法打敗我！」地獄魔犬從火焰中跳出撲向他們。「我要吃了你們！」

「現在該怎麼辦？」路易緊張地看著三人一狗的決鬥。

「當然是幫忙啊！」伊迪絲捲起袖子準備衝過去。

「半吊子別攪局！」暗影不耐煩地對他們大吼。「低階天使和消防員鬼魂有什麼用！」

「消防員？」愛琳瞬間瞪大眼睛。

「你這死老頭在胡說什麼？」蘇洛一邊對地獄魔犬開槍一邊不滿地跑到暗影身旁對他大吼，在暗影差點被狗掌打飛時將他拉走。

「我只是實話實說！」暗影一臉嫌惡地推開他。

「老師！那畜生現在太過強大了！」提姆・武井跳到一旁對他們大喊，斗篷上多了道血淋淋的爪痕。

「繼續戰鬥！」暗影不顧一切衝向三頭犬。

「你們喜歡車輪戰？很好，我也需要幫手！」地獄魔犬發出一陣尖銳的咆哮讓所有人頓時摀起耳朵無法動彈，只有吳亨利瞪大血紅色雙眼看著正在咆哮中的巨犬並緩緩走向牠。

他聽見腦袋裡不斷傳來聲音要他殺死所有人，他痛苦地捏緊拳頭直到爪子刺穿掌心。

「亨利別這樣！清醒點！」宅詹使盡力氣掙脫咆哮聲束縛，他抓住亨利的手臂試圖阻止對方往地獄魔犬的方向走近，卻在一聲槍響後倒地。

「詹姆士！」伊莉莎白絕望地尖叫。

「我得這麼做。」海嘉放下槍看著一臉吃驚的亨利，他身上也出現一個彈孔並不斷冒血。

「看來防彈衣還是有極限。」

「妳在搞什麼？該死的天使！」六顆冒火的紅色眼珠憤怒地瞪著她。

「你忘記自己咬過的人會變成什麼嗎？」海嘉瞄了倒在地上的宅詹一眼。「人類喜歡稱呼你的受害者是狼人，不過應該要叫犬人才對！」

「該死！妳該不會……」地獄魔犬再度被包圍在猛烈的火焰攻擊中。

「很抱歉打傷你們兒子。」海嘉對提姆和伊莉莎白說道。「但他剛好就在亨利附近而且還是個活人，他們的血液已在對方體內流動。」

「妳強迫他們簽下『契約』？」暗影惱怒地瞪著她。

「是啊，我不想殺死亨利那渾小子所以只能這樣了。」海嘉拎起宅詹並在他耳邊低語。「你得命令他，詹姆士，開口吧。」她輕撫宅詹的臉頰，宅詹睜開眼呆望四周，視線最後停留在吳亨利身上。

「做掉牠，亨利。」

「走吧瑪莉，有混帳想吃拳頭囉。」亨利終於恢復狡猾的笑容。

巴特勒大宅外頭也陷入了苦戰，兩隻抹滅者正狼狽地閃躲兩個惡魔的攻擊。

「想對付我？別做夢了！」高瘦老頭不屑地瞪著牠們。「區區抹滅者竟想對付地獄公爵阿加雷斯（Agares）？準備死無全屍吧！」

「別這麼說啊公爵，三個臭皮匠還是很管用！」路德躲過從他手中射出的閃電。

「雖然我們只有兩個！」法蘭茲一邊甩開跳到身上猛刺的彼得一邊答腔。

「我們都被迫選邊站，但你似乎沒搞懂陛下的意思而被大王子利用啊！」路德用手臂上的利刃將一道閃電反彈回去，但這也讓牠頓時感到頭暈目眩。

「住嘴！卑賤的東西！那種繼承人誰要啊！」阿加雷斯對牠們怒吼。

「尼溫瑞赫只是陛下的幌子罷了！你這笨蛋公爵！你當真他想放棄那位子？」路德看著這片混亂思索所有應對方式，但怎麼想都只有暫時玉石俱焚才是最有效的。

「我才不相信你們！」阿加雷斯再次靠攏雙手讓閃電在掌心聚集。

「欸別再跟小孩玩了法蘭茲！我們得把公爵拖回地獄！」路德暗自對榭爾溫說了聲抱歉，牠從未好好保護這莽撞的傢伙。

「現在？但殿下他們怎麼辦？你不是說這是緊要關頭才能用的辦法？」法蘭茲驚訝地看著牠。

「現在不是緊要關頭嗎？讓他們擺脫地獄公爵會省事很多！」路德示意牠撲上阿加雷斯，法蘭茲點頭後便像閃電般出現在阿加雷斯面前，而路德也同時從他背後冒了出來。

「你們想幹嘛？」阿加雷斯感到一陣無法言喻的恐懼，他似乎從那兩隻怪物的獨眼中看見一張正在對他大笑的大臉。「陛……陛下？」

他們瞬間化成一團火光在空中爆炸，被惡魔附體的彼得・薩根特回神時只看見草地上有圈燒焦的痕跡。

「暗影？」

我的下巴快掉下來了。

暗影閃過安東尼的肘擊後噴出火焰將他打飛，然而安東尼卻毫髮無傷地站了起來，就連剛才被戴爾打爆的腦袋也早已恢復原狀。

「又來一條蛆蟲……怎麼有這麼多髒東西？」看來安東尼真的抓狂了。

「回到你的歸屬！降臨人世的邪魔！」暗影噴出更多火焰再次將他包覆，但火焰中卻竄出一隻大手將他抓了起來。

「我那兩個白癡僕人什麼忙也幫不上！看來我得弄髒手來處理你們了！」安東尼張大嘴準備咬下暗影的腦袋。

我不顧一切衝了出去，我不知道自己能做什麼，也許能變出防護罩擋住安東尼的攻擊，但是當我準備阻止安東尼的時候，天花板破洞突然又竄出一道火焰將暗影跟安東尼打飛到一旁。

蘇洛滿臉驚訝的大頭出現在天花板破洞中，火焰隨即從他的右手消失。

「這是……怎麼回事？哇喔——」他楞楞地看著我們然後失足滑了下來。

我衝向前想抓住他，手中再次噴出光線將我們包在裡面然後摔成一團。

「天啊你怎麼也會這招？」我訝異地看著壓在我身上的蘇洛。

「我哪知道？老爺跟洛文呢？」他緊張地四處張望。「還有你剛才那又是什麼鬼功夫？」

「你我問我問誰？」我抬頭看著從樓上順著龍尾巴滑下來的探員們不禁搖了搖頭。「你們到底是怎麼找來這的？」

「那兩個老太婆其實是天使！她們找到那幾隻惡魔的位置然後把所有人傳送過來！」蘇洛從我身上跳下來往戴爾他們的方向跑去。

瓦礫堆裡蠢動的大東西終於轟然一聲竄了出來。

媽呀！那是隻有三顆頭的大狗！

「媽的你怎麼還活著！」那個滿頭白髮的亞洲人咒罵著撲向大狗，但他何時長了對狗耳朵？

「你們還好吧？」宅詹摀著受傷的腹部走向我，他看起來糟透了。

「一樣很慘，我們也都受傷了。」我指著戴爾他們說，他們已經找到凱斯和珍妮並從木門中走出，這讓我大大鬆了口氣，但一陣恐懼卻讓我被口水嗆得不停咳嗽。

安東尼……不，附在安東尼身上的惡魔竟然還活著？這傢伙是蟑螂不成？

「你想拯救那傢伙嗎？」暗影痛苦地起身。

「有什麼方法？安東尼的本尊似乎已經被殺了。」我害怕地看著那團血肉模糊正在瞪視所有人的東西，但那團正在掙扎中的肉塊卻又逐漸恢復原狀準備再次反擊。

「還沒，那惡魔花了太多心力維持宿主肉體完整，只要把牠趕出去就有機會救人。」暗影對戴爾揮手示意他過來。「這裡只剩你們有能耐打倒這傢伙，我感覺得出來……你們兩個不是人的東西最好快點讓他失去意識，這樣我才能處理裡頭的混蛋。」他對我們低語。

「走吧榭爾溫，不然他又要開始攻擊了。」戴爾從口袋拿出鼠尾草束和打火機。

「你竟然還帶著那些東西？」我驚訝地看著他。

「有備無患。」他露出頑皮的笑容。「小土球呢？」

「這裡，剛才沒撞碎還真是奇蹟。」我從破爛不堪的背包裡掏出那顆小土球對準安東尼。

「你們……我真不敢相信……」安東尼憤恨地瞪著我們。

「雖然我不知道你是誰，但你不能隨意傷害無辜的人就是了。」我捏緊小土球準備砸向他。「或許我過去曾傷害你，但如果你真是衝著我來就應該直接跟我較勁才對，這樣可是踩到我的底線囉，惡魔先生。」

「是啊，我是很恨你，尼溫瑞赫，我對你的恨可不是只有把你了結就算了，你知道慾望是無窮無盡的。」安東尼歇斯底里地笑了出來。「我寧可不要王位、不要那些權勢，我只想把你毀了來證明父王的選擇真是愚蠢至極！」

「那就下去跟你爸報告結果吧！」我把小土球砸了下去。

安東尼大笑著接住那顆土球，破裂聲馬上從他手中傳出，然而從裡頭迸出的光線卻讓他的右手瞬間炸了開來，就連頭上的犄角都被震成碎片。

戴爾將鼠尾草束刺向他，這讓他發出淒厲哀號，濃煙不斷從他的雙耳竄出。

「滾出去！」我對安東尼大吼，他的臉像點燃的蠟燭開始融化。

一道黑影突然從他身後竄了出來，我連忙抓住戴爾閃躲黑衣小鬼手上的木杖。

「別想對他動手！」黑衣小鬼擋在我們與安東尼之間咆哮，他的木杖射出一團紫色火焰，我試圖製造出剛才的防護罩想要阻擋噴射而來的火焰但卻沒東西從手中出現，火焰就這樣撞上我們將我們彈飛。

他隨即出現在我們面前，所有朝他飛來的子彈與攻擊全都被他手上的木杖打到一旁。

「最好別對我爸動手，尼溫瑞赫叔叔。」他露出陰森的笑容。

「彼得！別這麼做！」凱斯絕望地對他大喊。

「誰是彼得啊？你這沒用的小雜種！」他瞬間出現在凱斯面前舉起木杖準備刺穿他。

「住手——」

然而下一秒卻是洛文直挺挺地站在凱斯面前，手中握著一把從地上抄起的破劍將彼得刺穿，木杖隨之沒入他的胸膛。

第九章　破碎與團圓

（地獄）

地獄公爵阿加雷斯摔進一張巨大辦公椅，面前隨即出現一張桌子和刺眼檯燈直對著他。檯燈後方站著幾道黑影。

「你們沒有審問我的權利！」阿加雷斯對黑影破口大罵。

「為何沒有？你以為仗勢欺人在這種地方行得通嗎？」一道黑影走向他。

「妳？不可能！怎麼是妳？」阿加雷斯感到恐懼從背脊爬上。

「請解釋地獄王子闖入人間破壞平衡的理由，公爵，我可不想在這待太久。」加百列一臉不屑地瞪著他。

「你最好說清楚你們這次在搞什麼鬼？」別西卜也從暗處走了出來。「為何要針對那兩個倒楣的人類？」

「你不知道？這不可能！」阿加雷斯摀著燒焦的臉頰對他們大吼。

「這是什麼意思？」加百列不信任地瞥了別西卜一眼。

「我哪知道？」

「蠢貨！你們也看到了！那兩個人類就是尼溫瑞赫和厄里亞德！」阿加雷斯絕望地吐出那兩

個名字。

「怎麼可能？他們老早就被徹底消滅了！」別西卜不信任地瞪著他。

「我聽過尼溫瑞赫這名字，是那老傢伙的小兒子對吧？他不是死在之前那場政變中嗎？」加百列也狐疑地盯著地獄公爵。

「他們成功逃到人間！整座地獄都被騙過去，除了陛下……和一個我不敢說出名字的人，你們不會想知道我付出多少代價才知道這件事。」阿加雷斯倒回辦公椅。

「把他帶下去！」別西卜對藏身角落的幾隻抹滅者吩咐道，卻指著其中兩隻示意牠們停下腳步。「原來你們是陛下派來的密探，我真愚蠢。」

「別……別這麼說，大人……我們也是因為一面之緣才被叫去監視那兩個小鬼。」法蘭茲結結巴巴地回應，牠可是第一次如此接近這些大人物。

「我根本不知道這回事……該死！」別西卜突然害怕起那個跟他稱兄道弟的陛下是否還對他隱藏更多祕密，難道他們的交情已不如以往？

難不成那狡猾的傢伙早已發現他的選擇？

「大王子和王孫還沒回來，看來他們還有場硬仗要打。」路德指著天花板說道。

「什麼？那小鬼是殿下的兒子？」阿加雷斯驚訝地瞪大眼。

「他兒子？該死！他在想什麼？」別西卜爆出咒罵。「我得快點通知陛下！」他匆忙飛出辦公室，順便把滿臉不甘願的加百列一併拖走。

更多手持棍棒的抹滅者從牆壁冒出，阿加雷斯無奈地被牠們帶了出去。

「我怎麼會落到被這群畜生架走啊……」他碎念道。

別西卜在一個迴廊停了下來，不安地在加百列身旁來回踱步。

「如果這全都是那老傢伙的計畫，我們真的會越過人間直接對地獄出手，你很清楚兩方規矩。」加百列伸手握住腰帶上的長劍。

「不……我不這麼認為。」別西卜對她低語。「但我也不知道他在盤算什麼，小加，我始終搞不懂他的想法。」

「但他不該放任那愚蠢至極的大王子到人間胡來，即便尼溫瑞赫和厄里亞德在那裡復活，他們不也已經……化為凡人了嗎？」她的語調充滿疑惑。

「我無法給妳肯定的答案。我已疏於觀察人間好一陣子，這下恐怕要重新展開調查。」他想伸手輕拍對方的肩膀，猶豫一陣後還是決定放棄這麼做。「撒旦……或是那個阿加雷斯不願說出名字的人顯然找到了線索，我們必須比他們更快找到真相。」

洛文警官和黑衣小鬼同時倒了下去，紫色火焰從黑衣小鬼身上竄出將他瞬間燒成灰燼。

「你做了什麼——」安東尼體內的惡魔發出怒吼。

我和戴爾衝向洛文警官，他痛苦地看著我們，手指指著凱斯的方向，凱斯像斷線戲偶般呆坐在地看著身受重傷的父親。

安東尼突然跳了起來。

「你們會付出代價——」他怒吼著撲向我們，金黃色光束再度從我手中竄出擋下安東尼的攻擊。

「快讓他失去意識！」暗影在遠處對我們大吼。

「我很抱歉……」洛文抓住戴爾的手呻吟道。

「別動！別說話！」戴爾連忙抓住他的手不讓他亂動。

安東尼再度站起，手中也竄出相同的金黃色光束。

「是你逼我的！你只不過是個沒用的懦夫！懦夫！」他舉起手準備將光束射向我們。

「我不會讓你再傷害任何人！」我拼命集中精神把防護罩變得更厚，但到底要怎麼做才能擊敗躲在安東尼體內的惡魔？還有又要如何不殺死安東尼擊敗那鬼東西？該死！防護罩要怎麼當武器啦！

我瞬間想起那兩隻沒用的抹滅者說過的話，還有在湖邊騎掃帚那件蠢事。

如果這不只是單純的防護罩而是我的力量被集中呈現時的樣子，如同我能夠無意識地反彈超自然力量，那麼我能用思緒控制它的形貌嗎？

那道聲音沒有回應，是時候證明我的猜測了。

當安東尼手上的光束朝我們飛來時，我奮力一推把那道光彈了回去，這讓安東尼吃驚地跳到一旁。

我努力在腦海中尋找任何能拿來當武器的東西，光束再度從我的手中出現，但這次再也不是到處亂噴的防護罩而是一團越來越大的光球。

拿起那把劍。

那聲音再次響起，洛文剛才拿來對付黑衣小鬼的破劍就在我腳邊。

安東尼再次展開攻擊，突然出現在距離我們不到幾步之遙處。

「死吧——」

我抓起灰燼中的破刀，它瞬間被我手中的光球包覆起來，在刀鋒接觸安東尼射出的光束時將它一分為二。

安東尼哀號著被彈飛然後撞上半死不活的三頭犬。

「成了！」暗影跑到昏迷不醒的安東尼身旁念念有詞，一團黑色霧氣逐漸從安東尼身上竄出，然而他卻再度睜眼把暗影踹飛。

「暗影！」我連忙扶起他確認他的傷勢，他看起來也很不妙，太陽穴上面多了道傷口正在滲血。

「就憑你們這種貨色？」安東尼扭著脖子站了起來。「人類、巫師、低階天使，你們都會跟著尼溫瑞赫葬身地獄！」

「那東西已經元氣大傷，只要再打昏一次就行了……」暗影按住傷口對我說。

「好好好我知道……」我把暗影交給滿臉驚嚇的蘇洛後便再次撿起那把破刀，早已鏽蝕的刀鋒上又浮現光芒將它包覆。

戴爾跑過來抓住我的手臂，他的雙眼又轉為更深的藍色，伴隨隱約閃爍的紅光，地板上的碎片浮了起來在他身邊打轉。

「我們能打敗他。」我捏緊刀柄說道。

「嗯。」他抿起下唇。

安東尼像頭受傷的野獸咆哮，頭上碎裂的犄角冒出濃煙。金黃色光芒再度從他手中出現，但這次他竟然將手舉向其他人。

「看著他們死！」他露出獰笑，卻隨即瞪大雙眼開始抽搐起來，失敗的攻擊讓光束飛到牆上弄出更多瓦礫碎片往所有人頭上砸，然而卻通通停在半空中然後掉落一旁。

「這是怎麼回事？」我訝異地看著戴爾，他伸出左手在空中比劃著，那些瓦礫隨著他的動作紛紛墜落。

「幻覺……也許再加上一點巫術，或許我得接受自己是個淫夢魔。」他再次露出熟悉的狡黠笑容。「快去打倒他！」

「父王？為什麼……為什麼！」安東尼跪地哀嚎著，顯然戴爾製造出來的幻覺讓他頓時失去了控制。「難道我不夠資格嗎？」

我扔下劍走向他，手中只剩那團如火焰般的金色光球，我舉起那團光球朝他頭上砸去。我不能殺死安東尼，現在控制他的東西需要被送回老家，安東尼應該要被關進監獄而不是就這樣掛了。

安東尼大笑著並逐漸失去意識，黑色霧氣再度從他身上浮出，我連忙握緊拳頭將那團東西牢牢困在光球裡。

「你有處理過惡魔的經驗嗎？我現在恐怕無力應付。」暗影推開蘇洛走到戴爾身旁。

「這麼強大的從沒遇過……」戴爾不安地瞪著那團黑色煙霧。

「就像對付鬼魂一樣，用你最常使用的武器，依你現在的能耐絕對能辦到。」暗影撿起掉在地上的鼠尾草束交給他。「記得叫牠回到該去的地方就是了，牠已無法繼續在人間活動。」

我感到體力逐漸耗盡，失血過多的暈眩感已經無法抵抗，我看到手中的光束有越來越微弱的趨勢。

「你們可以快點解決這傢伙嗎……我快不行了！」我真的快撐不下去啦。

戴爾點燃鼠尾草束跑到我身旁，快速將那束燃燒中的乾草插進煙霧，我製造出的光線竟然無法阻止乾草束的進入，這實在太奇怪了。

但安東尼卻突然睜開血紅色雙眼瞪著我們。

「我早說過你是個垃圾，而你那骯髒的小情人絕對別想把我給……」安東尼伸出利爪試圖衝破光球。

「千萬別想你這王八蛋！」珍妮的聲音突然冒了出來，雙手舉起一個酒瓶從安東尼頭頂狠狠敲下。

「噢……」安東尼又失去意識了。

「滾回地獄！」戴爾再次把鼠尾草束插進黑色煙霧，那團不明物體發出一陣淒厲尖叫便消失無蹤。

「真是……感謝妳……」我驚訝地看著珍妮。

「為何我身邊總是充滿亂七八糟的男人？」她瞪著躺在地上的安東尼。

「大哉問，但妳現在比較需要包紮。」戴爾捧起珍妮被玻璃碎片割傷的雙手。

「這點傷不算什麼，但這傢伙還活著嗎？」珍妮用腳尖戳了安東尼一下然後獲得對方呻吟。

「奇蹟。」

「他跟賽勒斯以後能在監獄相見歡了。」我幸災樂禍地看著一臉狼狽的安東尼・戴維森，然而心中卻為他依然活著感到欣慰，畢竟在這堆鳥事裡他的確挺無辜的。然而，海嘉突然出現在耳邊的聲音卻讓我猛然被拉回現實。

「洛文警官恐怕撐不住了。」她面色凝重地看著我們。

「洛文！」我跟戴爾連忙衝向洛文，那裡已經站滿探員們和那兩個蒙面的火焰巫師，凱斯正跪在洛文身旁無助地哭泣，伊迪絲放下急救用品後站起來對我們搖頭。

「他是個……相當無私的人。」她哽咽道。

「妳們無法救他？為什麼？妳們不是天使嗎？」我幾乎要對她大吼。

「不……我們沒有這種能力，天使從來沒這種能力。」

「榭爾溫……」洛文虛弱地喚著我的名字。

「洛文！我……我很抱歉……我沒能保護你！」我緊緊抓住他的手，無法阻止淚水湧出。

「這不是你的錯……」

「不！這一切都是我的錯！我害你們通通都被攪了進來！」

「但你找到了凱特和凱斯，榭爾溫。」洛文露出笑容，在我記憶中從來沒見過他如此開心。

「還有霍特伍德……戴爾……我真的很抱歉。」他對同樣正在流淚的戴爾說。

他甚至從沒叫過我們的名字。

「不，洛文，為什麼要道歉？」戴爾無力地跌坐在旁。

「我當時不該放任他們亂來……我甚至在一旁嘲笑你……我很抱歉。」

「別這麼說，他們又沒得逞。」他搖頭回應意識逐漸模糊的洛文。

我終於搞懂當我對洛文開玩笑說戴爾曾被狠狠傷害時他吃驚的表情了，當時那兩個小警察試圖侵犯戴爾時他根本在場卻沒伸出援手，原來那件事讓他內疚了這麼久。

「好好活著，你們兩個幸運的小痞子……」覆在我手背上的指頭滑了下來。「別讓所有人失望了……」

他再也沒睜開眼睛。

凱斯和凱特沉默地看著父親的屍體，好一陣子後凱特才突然張開口想說些什麼，卻只能嗚咽著跪倒。

「她的精神狀態很不穩定。」海嘉撫著她的臉頰對我們說。「她的記憶曾被侵入竄改，恐怕再也無法恢復。」

凱斯若有所思地望著她們，最後轉身抱住我大哭。

「我不知道該怎麼辦！他早就知道我不是他的親生兒子！他為何要犧牲自己？為什麼？」

「等等，凱斯，你知道這件事？」我驚訝地看著他。

「我早就知道了！我早就發現老媽藏在櫃子裡的親子鑑定書！他們以為我什麼都不知道！」凱斯滿臉鼻涕眼淚看著我。「他為何不恨我？」

「因為他不在乎。」戴爾輕聲回應，這讓凱斯吃驚地看著他。

「洛文很害怕你要是知道一切會無法接受。」我壓下痛哭的慾望告訴凱斯。「他從來……沒試著放棄深愛你們。」

凱斯再次看著躺在地上的洛文，我看見一團霧氣逐漸從屍身浮出，最後形成一個模糊人形。

戴爾走了過去，人影伸出雙手握住他的肩膀。

一對半透明翅膀從亨利・洛文的靈魂背後浮出，化為一團白光消逝在空氣中。

巴特勒大宅突然搖晃起來。

地板出現一道裂縫並越來越大，在三頭犬身下形成一個大窟窿陷了下去。

「快離開這！」宅詹對我們大吼。

「房子好像要垮了！」蘇洛害怕地望著四周。

「快點帶他們離開！」我對海嘉大叫。

「小心你們的腳下！快逃啊！」海嘉一邊抓住其他人一邊對我和戴爾尖叫，我這才發現裂縫已爬到我們腳下。

轟然一聲後只見更多碎瓦礫，戴爾滿臉驚恐地緊抓我。我們竟然摔進了裂縫，但下頭不斷湧出的岩漿又是怎麼回事？

「火山？怎麼可能？」我不敢置信地抓緊戴爾。

「顯然不是！你看！」戴爾指著岩漿大叫。

那些岩漿竟是由無數正在燃燒的人體所組成，我感到胃部一陣翻攪。

三頭犬發出淒慘悲鳴摔進岩漿中消失，我的眼角餘光瞥見幾呎外竟是抓著斷崖尖叫的賽勒斯。

「救命——」賽勒斯對我們哭號。

「快爬上去！」我對戴爾喊道。

「可是……」

「快點！」我用力把戴爾推上去讓他摔到一塊突出的碎石上。

「救我！」賽勒斯悲慘地扭動著，但他的掙扎卻讓他越來越往下滑。

「該死別亂動！」我終於抓住他的手，但我們兩人所在的地表卻突然陷得更下去。

我看見岩漿裡伸出無數隻手臂，那些可怕的東西離我們越來越近。

「我不想死！求求你我不想死！」

「我知道！」我對他吼了回去。

「我對我做的事萬分抱歉！哈雷先生！我不該栽贓給那個小鬼！是我殺了史丹利！我買通那天看見我從通風管跑出來的飯店人員！」賽勒斯歇斯底里地哀號。

「我知道我知道！我會把你抓上來扔進監獄！」

「還有我也很抱歉我曾傷害過戴爾！我不是故意的！」他已經語無倫次了。

「這我也知道！不要亂動我得把你拉上來！」

「我很抱歉我強暴了他！」

「……什麼？」我著實愣了一下。「他不是說……」

「安東尼闖進來時我早就上完他了！安東尼什麼都不知道！我真的真的很抱歉——」賽勒斯像個迷路的小孩崩潰大哭。

我看著賽勒斯和逐漸逼近的岩漿，抓著他的手不知該如何回應。一股怒氣如野火般從腦海竄出熊熊燃燒。

我曾對戴爾發誓過會為他殺人，我一直懷疑自己有膽這麼做，我深信正義從非藉由殺戮得到。

但是戴爾欺騙了我，為了隱藏自己受過的傷而欺騙我。

我要殺了賽勒斯，為了我最愛的人。

「你不配活著。」

我放開緊緊抓住他的手。

當賽勒斯．巴特勒尖叫著消失在岩漿之中，那些可怕的手宛如被洪水澆熄化為灰燼。大量蒸氣從裂縫竄出，搖晃也停了下來。

僅存軀殼的巴特勒大宅轟然坍塌，空氣中只剩硫磺氣味和嗆鼻的粉塵。

我奮力爬回剛才把戴爾推上去的岩石然後緊緊抱住他。

「……賽勒斯呢？」

「我……我來不及救他……」

我沒有救他。

我殺了他。

「噢……他真是……可悲。」他露出無奈的微笑。

「他和史丹利……我不知道該怎麼說，大概都罪有應得吧。」我已經無法移動寸步只能無力地趴在他身上。

當我覺得自己快失去意識時，路德和法蘭茲的聲音突然從上頭竄出，這讓我們驚訝地直瞪著那兩顆大頭。

「他們還活著！」路德欣喜若狂地對眾人大喊。

瘦長手臂伸了下來，我們幾乎要因為看見那兩張討厭的臉喜極而泣。

（特殊部門支部，紐約）

「那是一九七五年初夏。」暗影看著手上的繃帶緩緩說道。「五月才剛結束，有對住在明尼亞波利斯的夫妻找上了我。」

「他們……是我的父母？」我們又回到特殊部門藏身水利設施下的支部，但這次卻多出幾位意外的訪客。

「韓莉耶塔，我記得你母親的名字，她是個虔誠的女人，我一開始還真想不透她怎麼會得到我的聯絡方式。」他莞爾一笑。「我收到你父母的請託後便帶著學徒來到你出生的醫院……與我同行的妻兒也跟了過去。」

「你們在那裡發現了什麼？」

「無法解釋的現象。」暗影瞥了從門縫探頭的蘇洛一眼，沒有阻止他偷偷摸摸地溜進來。

「病床上有個出生沒幾天的嬰兒，周圍飄滿碎燈泡和醫療器材彷彿在保護他，床邊坐了個滿臉頹喪顯然是驅魔失敗的神父……我認識他，大概就是他告知哈雷夫婦我的存在吧。或許當時太年輕以至於從未見過這種景象，但我隨即感到一股龐大到足以吞噬數個成年人的邪惡從男嬰身上傳出。」

「所以……你們對我做了什麼？」我感到一陣恐慌。

「起先我們認為有相當強大的惡魔附在你身上，卻沒任何辦法能將那東西逼出來，我甚至想過藉由殺死你將牠逼回地獄這種方法。」

「但你沒這麼做。」戴爾瞇起眼看著他。

「我的良知無法讓我做出這種事，最後卻發現我和那位神父都搞錯了。」暗影似乎察覺他的憤怒，嘴角翹起一抹頑劣笑容。「那不是惡魔附體，男嬰就是惡魔本人。」

「……我？這是什麼意思？」我不敢置信地瞪著他，突然想起附在安東尼身上的惡魔說過的話。

他說我是他的弟弟，難道我真的是來自地獄的居民？

「即便以血肉之軀作為掩飾，我仍看穿了你的真面目，我們只能選擇將你的力量永遠封住，但封印卻被破壞了，所以我才又想盡辦法找上你。」

「原來……」我很猶豫要不要告訴暗影那張恐怖大臉的事情，顯然就是那傢伙把我跟戴爾身上不知道是封印還什麼的東西給解開了。

「就像坐在你身旁的霍特伍德一樣，外加他還有通靈者體質能完美隱藏氣息，通靈者和超自然世界的居民有時並不容易區分。你們沒有人類的靈魂，這就是我叫你們不是人東西的原因。」

「但為何只有你看得出來？」蘇洛不滿地開口。

「並非每個通靈者都有這種能力，那是我繼承自先祖的力量。他們曾侍奉神明，必須能精準辨別鬼神和凡人。」暗影對他擺出臭臉，就像洛文警官一樣，我彷彿在他身上看見洛文的影子。

「過去有群人獨佔這種技藝，然而在物換星移下逐漸絕跡。」

「火焰巫師……所以你真的是馬雅祭司的後裔？」我愣愣地看著他，試圖找出任何與歷史課本中那些馬雅人圖像相似的地方卻徒勞無功。

「我聽過這稱呼，但我們現在也都用驅魔師稱呼自己。」暗影拿起桌上的咖啡喝了一口並皺起眉頭。「根本沒味道。」

「我去沖壺新的，待在這兒有夠尷尬。」蘇洛拎起咖啡壺走出接待室，關門前偷偷瞪了暗影一眼。

「他還是不想承認！」暗影大聲笑了出來。「他早在陷入危機時找回本能，我真的很為他感到驕傲！」

「唉，蘇洛真是你兒子對吧？」我無奈地倒回戴爾身旁。

「是的！他當時也在場，但就在封印快要成功時，真正的魔王卻突然現身了！」他突然轉而嚴肅地看著我們。

「魔王……不會吧……撒旦？」這世界沒有滅亡簡直是奇蹟。

「只有影像而已，那該死的混蛋要我做出奉獻才能完成儀式，牠當時竟然指著我的妻兒！」他咬牙切齒地說。

「天啊……」

「我怎麼可能這麼做！」深呼吸一陣後他恢復往常的冷漠。「我選擇獻出自己，但牠沒殺死我……彷彿在羞辱我一般，牠讓我再也無法在陽光下施法……也奪走親人對我的愛。」
原來這就是暗影只在夜間搶我們工作的原因？難怪他白天時只會站在路燈下當流浪漢。
「我真的……真的很抱歉……」我到底曾讓多少人受傷？我根本是帶來厄運的怪物吧？
「反正一個稱職的驅魔師也不能被家庭絆住，我只能選擇離開。」門把轉動聲讓暗影的臉瞬間多了點人性，即使他極力隱藏對家人的愧疚。就連蘇洛也在拼命否認自己還認得他，那個深愛他的父親。這實在太明顯了，就算沒有魔法一樣看得出來，我甚至懷疑這是因為封印被破壞後，有些東西跟著我的力量一起從束縛中釋放，假使愛也是種物質。
假使愛也能被束縛。
蘇洛不屑地遞給他咖啡，順便把我們的份也擺在桌上。暗影喝了一口後沉默好一陣子，看著杯子裡的暗褐色液體流下眼淚。
「你知道那個護身符的功用嗎？」他終於正眼瞧著蘇洛。
「避免我見鬼？老實說它越來越沒用了。」蘇洛從衣領掏出一個圓形皮墜子。
「跟我脖子上的一樣只是功能不同。」暗影也從風衣裡掏出之前被我撿到的項鍊。
「它們長得他媽有夠像。」蘇洛狐疑地盯著他。
我很想吐槽他跟暗影也是他媽的有夠像，但還是不要好了。
「那不是避免你見鬼，迪亞哥，那是用來壓制你的力量，我竟會自私到覺得保護你的方法是讓你永遠不知道自己是什麼。」他無奈地笑著。「反正那個護身符已經舊了，你終於知道自己是火焰巫師。」

「呃……我很驚訝自己也能噴火啦，但也只有剛才那一下而已。」蘇洛在沙發上不自在地蠕動。「我看到那個怪物抓住你，我必須阻止他……」

「你沖的咖啡跟你媽很像。」他把咖啡一飲而盡。「難喝到讓我想哭。」

「欸！」

「我還是很愛她。」

「嘖。」

「我想跟他聊些事情，你們若是方便就先離開吧。」暗影對我們揮了揮手。「我的名字是費南多，我兒子能有你們這兩個朋友真的非常幸運。」

我和戴爾呆站門外，直到一張病床被推來時才猛然回神。

「我們在洛文警官身上找到一些屬於地獄的物質殘留。」伊迪絲正在猶豫要不要把裹屍布掀開。

「沒關係！不用掀開！」我連忙阻止她，但只是不想再崩潰一次而已。從巴特勒大宅的戰鬥到現在只過不到半天，我卻覺得分秒都像世紀般漫長磨人，坐著特殊部門的車子回紐約的路途上我都縮在角落無法說出半句話，只能用嗚咽聲回應所有人，就連剛才要坐在那裡跟暗影說話都得拚命振作自己才不至於揪著他們痛哭。

我知道洛文的靈魂不會再受到傷害，但他終究是死了。

我已經永遠失去他。

有時我甚至覺得他彌補了家人的位置，自從爸媽雲遊各地不再返家後，我經常覺得洛文像個管教過嚴又不善於表達情感的傳統老爸，或許戴爾也多少這樣看待他，我們頓時像是少了父親。

「去休息吧，我們有替你和戴爾準備房間。」伊迪絲拍著我的肩膀說。

宅詹從病床上醒來後漠然注視眼前兩個人影，他不知該如何面對，也不知要感到欣慰還是憤怒。

「你們……就是我的父母？」他悄聲發問。

「是……是的。」伊莉莎白也不知該如何回應。

「詹姆士，我們終於……」提姆緊張地捏著斗篷。

「為何要拋棄我？」

他痛恨自己的冷酷。

「太無情了吧，隊長。」吳亨利從病房外走了進來，後面跟著同樣心神愉快的林瑪莉。「這傢伙總是把自己搞得像座冰山，非得伺候半天才會大發慈悲施捨那少到可憐的感激之情。」

「你何時這麼了解我了？」宅詹惱怒地縮回棉被。

「哈囉，我們是他的同事。」亨利意外友善地向羅爾夫婦問好。

「你剛才……被地獄魔犬咬傷。」伊莉莎白對他感到好奇。「你已經被轉化成狼人了，雖然這說法是錯誤的，那東西不是狼，但你為何沒受到控制……或失去控制？」

「不知道，也許我個性頑劣到連那條死狗都無法控制我。」他聳肩回應，毛絨絨的耳朵不自覺地抖動幾下。

「但那女人為何要對詹姆士開槍？」提姆回想那個畫面不禁皺起眉頭。

「契約，羅爾先生。」林瑪莉快步走向他們。「海嘉，也就是打傷詹姆士的天使，她要我代為轉述這件事。那一槍把詹姆士的血送進亨利體內，這算是強迫性地將他變成亨利的主人以免遭到地獄魔犬控制，根據地獄居民能與人類用鮮血結下盟約的特性。」

「希望那不會對他造成傷害……」提姆感覺不到眼前這個亞裔女孩的氣息，這讓他備感惶恐。

「看來還好，但相似案例太少所以得觀察好一陣子。」她逕自坐上床沿搓揉宅詹的頭髮。

「你們曾對付過地獄魔犬對吧？牠顯然見過你們。」

「那東西曾在數十年前危害人間，造成許多地方狼人橫行。」伊莉莎白悄聲說。「我跟提姆在里約做研究時遇上暗影，他說我們擁有操縱火焰的潛能並將我們帶進通靈者的世界，我們便開始跟著他學習。」

「狼人作亂的情形在詹姆士出生後變得更嚴重，我們得找到製造狼人的始作俑者。」提姆不安地瞄了宅詹一眼。

「或許是孽緣吧，地獄魔犬在我們返鄉時現身並在那裡作亂，那是我們第一次和牠正面交鋒。為了不讓詹姆士與這些事有所牽連……我們假裝意外身亡然後繼續追捕那頭猛獸。」

「你們……是因為這樣才拋棄我？」宅詹痛苦地看著他們，一些模糊畫面和這場混亂開始連結。

「我們當時認為這樣才能保護你……」提姆摘下眼鏡擦拭，淚水早已溢出眼眶。「我們做了和暗影一樣的事情，以為將你們推得遠遠的就能保護你們，我們……是最最失敗的父母。」

我躺在過硬的床墊上無法闔眼，戴爾也在一旁翻來覆去無法入睡。那兩隻吵鬧的抹滅者本來還想跟進來逗我們開心，沒幾秒就被戴爾給請出去了。

「傷口還很痛嗎？」戴爾轉頭看著我。

「還好，特殊部門的止痛藥還真管用……」我開始懷疑以前繳的稅都跑到哪去了。「你呢？流那麼多血不會不舒服嗎？」看著他蒼白的臉頰，我再次感到罪惡感湧上。

「跟上次被抹滅者弄傷比起來只是小意思。」

「我好害怕你受傷。」我把他拉進懷裡摟著。

「感謝那張恐怖大臉，你大可不必擔心。」

「不……不只這樣。」我其實想告訴他有些傷口是看不見的，而它們卻該死地被深受傷害的人們用令人心痛的謊言隱藏。「我不能好好保護你，我好無能。」

「你做得很好，榭爾溫，我連感謝你都來不及了。」他在我耳邊呢喃。

「我會為了你殺人，這是我向你承諾過的。」

「我知道，我也會這麼做。」

「但我同時也向你撒了謊，戴爾，我真的很抱歉。」我必須將真相說出，如果這能讓他向我坦承過去被賽勒斯傷害的事情，他沒必要繼續將那份痛苦隱藏。

除非……他對賽勒斯還有丁點情感？

我他媽在想什麼啊？

「你向我撒謊？」他好奇地看著我。

「有關賽勒斯的死……我不是來不及救他。」

「這是什麼意思？難不成……」

「他說他很對不起你，他真的……傷害了你。」不，我錯了，我正在強行撕開戴爾或許早已癒合的傷口，我也跟那個王八蛋一樣在傷害他。「我放開抓住他的手，眼睜睜看著他掉進裂縫……是我殺了他！」

戴爾愣愣地看著我，嘴角揚起悲傷的微笑，淚水逐漸在眼角匯聚。

「他老早就道歉過了，雖然我從不打算原諒他！」他邊哭邊笑回應我，這讓我更加愧疚。

「他是個混蛋沒錯，而且還是個笨到不行的混蛋！他明明是個貪生怕死的傢伙！怎麼會……這麼愚蠢！」

「抱歉……我真的很抱歉……」我不停搓揉淺金色髮絲。

「這都是我的錯，是我逼你殺死他的對吧？」他把頭埋進我的頸側嘆息。「我逼你改變堅守已久的信念，我不該這麼做。」

「別這麼說，戴爾，沒人得死守同一種想法。我想保護你，我必須為了保護你而開始改變，我不能再讓那些聲稱是衝著我來的混蛋傷害任何人。」

「你覺得那些惡魔……會回來報復？」他抿起下唇看著我。

「是的我很擔心。」

「我們會並肩作戰。」他挨著我低語，我只能將他摟得更緊。「還有……謝謝你。」

我們緊摟彼此不發一語，讓得來不易的寧靜暫時洗去所有悲傷。我又哭了出來，但這讓我非常放鬆，如果不這麼做一定會把自己逼瘋。戴爾也任由淚水浸濕衣領，他的笑容真誠到讓我想放聲大哭。

然而一陣敲門聲卻破壞了這片寧靜。

「呃……我打擾到你們了嗎？」蘇洛擔心地看著我們。

「怎麼了？」我瞇起眼想適應門外燈光。

「暗影……我爸那個死老頭，他讓我的人生像場騙局。」他摔進一旁的沙發。

「怎麼說？」戴爾掙扎著爬了起來。

「除了我很少見面的老媽，小時候照顧我的人根本不是我祖母，那個家全是場騙局。」他捏著過窄的皮外套抱怨。「我的祖父母早就死於火焰巫師之間的內鬥，那老太婆其實是認識他們的靈媒，那群巫師的助手之一……她就這樣欺騙我如此多年！」

「但對你來說她還是像祖母一樣啊。」我希望這能安慰到他。

「是啊，我愛那老太婆愛得要命，即便真正的祖父母還活著她依然是我的祖母。」他苦笑著回應。「還有我爸堅持要教我噴火，這下恐怕又要害我人間蒸發了，真不知要怎麼告訴愛琳。」

當他這麼說的時候，我看見愛琳的臉出現在門口，這下糟糕了。

「我才要抱怨自己是被欺騙的人吧？」愛琳看著我們三人不禁搖頭。

「我先說我有跟她承認我們的『事情』！」蘇洛連忙舉起雙手對我們澄清。「老爺很抱歉，我有告訴她我和你過去那幾年的關係！」

「這會讓妳覺得不快嗎？」戴爾對愛琳歪嘴笑著。

「我是指路易的事情。」她埋怨地瞪了蘇洛一眼。

「噢該死！」這讓蘇洛嚇得差點摔下沙發。

「你們兩個也是，為何都沒人告訴我？」她轉而對我們板起臉。

「別這樣！他們並不知情！」他對愛琳哀號。「路易希望妳能忘記他，我還勸他別這麼想。我不知道該如何告訴妳這件事，我真是個自私的王八蛋……」

「剛才那位叫海嘉的探員不知用了什麼方法，她讓路易在我面前現身了。」愛琳無視我們驚訝的表情繼續說下去。「我尊重他的決定，畢竟我們都得繼續活在屬於不同世界的人生。他要我好好活下去……哈哈，說得像是到超市買菜一樣簡單。」她沮喪地笑著。

「我曾向他發誓我會代替他愛著妳。」蘇洛鼓起勇氣再次開口。「但我知道那是沒有意義的……這都是我們的選擇。我好愛妳。」

「我知道，蘇洛，我也是，只是一時難以接受另一個世界的存在而已。」她走向一臉哀怨的蘇洛將他摟進懷中。「經過這堆事情後我可能要再次思考目前的生涯規劃了，外加任務還沒完成。」

「什麼任務？」我好奇地看著她。

「其實我這次出國是為了尋找探照燈石油公司過去以來非法販售軍火的證據，真相一旦公開我將陷入險境。這是我選擇的道路，我必須這麼做，為了那些被戰爭傷害的無辜人們。」她的視線飄到戴爾身上，似乎正在思索是否該對我們坦承這麼多事情。

「妳將如何自保？」戴爾漫不經心地問她，他聽起來倒是滿高興的。

「還沒想出來，然而特殊部門已對我伸出友誼之手……因為我的過去使然，但我還在考慮中。」

「妳的過去？」

「我死去的父母是這裡的探員，他們當年在追查探照燈公司的罪行時意外身亡。」她捏著蘇洛的手臂說道。「我從不相信宿命之說，但冥冥中也許有什麼在引領我完成他們的任務。」

「聽起來妳和蘇洛都可能待在特殊部門。」

「或許吧。」

（特殊部門總部，內華達州）

艾倫・圖西絕望地跪在牆上巨大的螢幕前，雙手摀著臉不敢直視洛文的屍體。

「他成為天堂一份子，這是相當罕見的情況，他真的是個大善人。」海嘉神色哀戚地看著他。

「如果我也在場……我會不顧一切阻止……」艾倫早已泣不成聲。「到頭來竟是我在這苟延殘喘……我實在對不起他！」

「這不是你的錯，誰也沒料到洛文會出現在那。」

「不！這都是我的錯！我怎麼會相信亨利會遵守規則乾等家人獲救？他就是我教出來最好的學生！我最忠誠的搭檔！就連我他都可能願意犧牲自己！我怎能如此愚蠢！」

「但事實已無法改變，而且這次事件讓超自然世界大幅暴露在世人面前，我們必須有所行動。」

「我知道……我知道……」艾倫看著地上早已成為碎片的眼鏡。「很抱歉讓妳看見我的失態……我們得快點動作。」他恢復往常的漠然，即使淚水仍不停流下臉頰。

「還有德瓦夫婦的女兒，有必要徵招她嗎？她只是個普通人，恐怕會像父母一樣送命。」

「那女孩找回被迫消失的過去，找回自己是誰，這將成為她最強大的力量。」艾倫起身看著她，不再畏懼摯友失去生命的臉龐。「別小看人類，天使。」

「我從沒這麼想過，親愛的人類。」

然而海嘉心中正思索著其他事情，必須跟伊迪絲謹慎討論所有可能性，洛文進入天堂顯然另有原因。

還有榭爾溫和戴爾的真面目到底是什麼？這兩人的力量為何跟十多年前天差地遠？如果那惡魔說的話屬實，地獄那場政變便從未結束過。

戰火將再次燃起。

她聽見一道熟悉的聲音。

那道將她與伊迪絲逐出天堂的聲音。

第十章　告別

沒人喜歡葬禮，尤其是警察的葬禮。

凱斯和達娜面無表情坐在教堂最前排的長椅上，牧師佇立棺材旁語調平靜地訴說洛文的一生。特殊部門再次讓一切看起來只是場單純的意外，我甚至懷疑他們有改寫記憶的能力。人們相信法院門口的怪事不過是劫囚加上警車引擎走火、巴特勒大宅被發狂的弒親兇手炸毀導致拯救家人的警探殉職，唯一真實的只有探照燈石油公司小開將會因為走私軍火與洩漏國安機密而吃上官司。

我看了棺材一眼決定繼續低頭，直到這場折磨結束才吃力地起身。

「他們也來了。」戴爾指指樓上陰暗的角落，那裡站著特殊部門的探員們和一個似曾相識的老頭。

「你見過那老頭嗎？」我總覺得在哪見過他。

「通靈板那件事，他就是跟在洛文身旁的老警察。」戴爾示意我棺材的方向。「你那天睡著後我跟宅詹聊了一下，那個老警察當時其實是來測試我們的，他是特殊部門的頭頭艾倫・圖西。」

「原來……」我頓時覺得我的人生也像場騙局。難道父母長年不在家正是因為我？我從不懷疑他們對我的愛，但此時已開始產生疑惑。

我活了快三十年才知道自己是個該死的怪物。

地獄來的怪物。

地獄王子。那道聲音愉快地提醒我。

達娜百般不願我們擔任洛文警官的扛柩人，她在得知真相後擔心我們在葬禮上露臉可能會引起更多騷動，雖然我懷疑她不希望我們同時露臉另有原因，顯然她已經知道我和戴爾的關係。

「人們將無法理解你們出現在亨利葬禮上的原因。」她在教堂大門打開前對我們低語。「那很……突兀。」

「他就像我們的父親一樣。」我無奈地笑著。

「況且是他逮到槍擊榭爾溫的逃犯。」戴爾聳肩回應她。「我的存在才對大眾來說相當突兀，但他們又為何需要理解洛文對我們的意義？」

大門敞開後，刺眼卻熟悉的鎂光燈不斷燒灼視線，彷彿一切又回到球場。

我記得洛文曾帶著家人來看我在紐約的第一場比賽。

我總是忘記他終究是個有血有肉的人。

「他愛你們，戴爾，他不希望你們再次受到傷害。」達娜撫著他的肩膀說道。

天空飄著細雨彷彿一齣廉價好萊塢電影，我望著走在前頭的凱斯緊捏棺材把手的手指，上面已無指甲油。參加葬禮要穿得全身漆黑，而黑色指甲油卻不被允許，這真是弔詭。

凱斯依然面無表情，直到葬禮結束站在墓碑前都維持相同神色。

「她昨天想自殺。」他對我悄聲說。

「誰？凱特嗎？」我頓時緊張起來。

「我媽。」他瞄了達娜一眼。「我父親死了，母親像個行屍走肉，姐姐下半輩子只能待在療養院，最好的朋友在面前化為塵土……我失去所有重要的人。」

「凱斯……」我不知該如何安慰他。「別這樣說……」

「你想說『至少我還活著』？」他露出嘲諷的笑容。

「……是的，我想不出還有什麼能安慰你。」

「別擔心，我會試著活下去。」他走向突然現蹤的探員們，最後停在戴著墨鏡的宅詹面前。

「你已經下定決心了？」宅詹伸手擦拭從他臉上滑落的淚珠。

「我要宰了那些惡魔，牠們沒資格活著。」凱斯別過頭閃躲他的碰觸。

「仇恨無法讓你成長，凱斯。」宅詹摘下那副極不搭調的墨鏡。

「所以你們要拒絕我？」

「並不是，但你不能永遠活在仇恨中……就像過去的我一樣。」

「你的家人也被殺了？」

「我們都曾失去至親……」他瞥了我們一眼似乎在猶豫要不要繼續說下去。「但都得努力活著，不能讓他們白白犧牲，雖然聽起來很老套。」

「我一定能做到。」

「我很期待。」他伸出手。

凱斯轉頭看了我們一眼後決定握住它。

「那兩隻天竺鼠就麻煩你們了！牠們叫狄奇和嘖噓精！」他對我說。

當我和戴爾正要離開墓園時，珍妮突然叫住我們，我這才發現她的下腹有點突出。

「安東尼完蛋了。」她把帽子拉得更低。「以後得經常到監獄探望丈夫。」

我認真覺得安東尼很倒楣，雖然他犯法在先以及真的很惹人厭，但不包括被惡魔附身。

「我很抱歉這一連串的事情造成……」

「那不是你的錯，榭爾溫，別把莫名其妙的鳥事全扛在身上。你唯一對不起我的只有我們的婚姻，而我也同樣對不起你。」她微笑道。

「那你們的孩子呢？」戴爾小心地撫摸她的肚皮。

「就算沒安東尼我還是能好好帶大他們，這些小傢伙可是你的外甥啊。」

「他們？」

「雙胞胎，而且可能繼承了霍特伍德家的力量，那個叫暗影的驅魔師說的。」

「噢，差點忘了那傢伙。」戴爾聽起來滿高興的，蘇洛這時走過來靠在一旁的樹幹上。

「說要回去看老媽結果就帶著阿宅的父母溜了。」他對我們嘆了口氣。「而且還不准我跟去，分明就是不想讓我見到他害羞的樣子。」

「你爸還真讓人擔心。」我發現他脖子上的護身符全都消失了。

「不用擔心那個老番顛啦。」

（特殊部門支部，紐約）

凱斯好奇地望著滿室槍械和一堆叫不出名字的儀器，然而最讓他好奇的是個掛在牆上的畫框，畫框裡有片褐色的巨大翅膀，像極偽裝成樹葉的蝴蝶。

「你母親已經允許我們帶你回總部，今晚快去跟她說聲再見吧。」宅詹一邊收拾行李一邊對他說。

「我已經……說過了。」凱斯緊捏著拳頭直到手心發痛。

「你愛她嗎？」

「我從來無法恨她。」

「我出生後就被擔任驅魔師的親生父母拋棄了，他們認為讓孩子一無所知就能保護他們。」宅詹悄悄走向他，這讓凱斯被探員專精的無聲步伐嚇了一大跳。「自從我知道事實後沒有片刻不憤怒著，就連那兩個對我態度不佳的養父母都未讓我如此光火。」

「你恨他們嗎？」

「但那改變不了任何事實，凱斯，所以我必須幫助你。」

「我還沒請教你的名字。」

「詹姆士·金，叫我宅詹就好。」宅詹原本想加入羅爾這個姓氏但決定放棄這麼做，即便那對姓金的夫婦也沒好到哪去。

「你很像學校裡經常被欺負的小孩。」

「嗯，你也差不多，但千萬別以貌取人，你之後會學到很多。」

「牆上的翅膀是怎麼回事？」凱斯指著在冰冷金屬間看起來相當突兀的畫框。「我知道這樣很失禮，但一進來就看到這東西和周圍很不搭調。」

「那是以前一位殉職探員留下的，他的翅膀是相當堅韌的材質，就算磨成粉織進纖維也能做成防彈衣。」他拉拉身上的皮外套。「這件外套的內襯就是用另一片翅膀製成的，你之後也會得到這裝備。」

「真是無私。」凱斯不禁讚嘆道。

「他不是自願的。」

凱斯感到一陣寒意。

「……你們殺了他？」

「我見過那位探員，他和教導我的恩師是特殊部門上一代的成員，他們在一場任務中不幸喪命，但都留下一些曾經活過的證明並相當管用。」

「聽起來我好像加入一個殘忍到不行的政府機構……你們該不會回收所有掛點的探員吧？」

凱斯開始害怕起來，他在心裡咒罵自己明明聽了那麼多黑暗的音樂卻對區區一片翅膀感到畏懼。

「僅只有幫助的部分，其餘的……就讓他們活在記憶中吧。」

「那你有從死去的恩師那裡得到什麼嗎？」

「你是新人，凱斯，有些床邊故事還是留到適合的時機再說。」

把凱斯送去休息後，宅詹無助地蹲坐冰冷走道上。

也許該向親生父母說聲再見的人是他。

「本來想跟你開個玩笑，但現在好像不適合。」蘇洛從走道盡頭晃來。

「正好相反，我需要點笑聲。」宅詹對他露出虛弱的微笑。

「那兩個歐巴桑說你跟吳亨利現在有了契約關係。」他把一臉洩氣的隊長拉起來。

「那是為了不讓他被地獄魔犬控制才這麼做的。」

「嗯哼，所以你等於跟他交換體液了。」

「嘿！這聽起來很不ＯＫ啊！」

「哈哈哈你臉紅了！我就知道這絕對有用！」

「變態！」

「是你先想歪的！」蘇洛笑得樂不可支然後獲得宅詹氣惱的哀號，吳亨利和林瑪莉也走過來加入嬉鬧，背後還跟著心神愉快的路易。

或許我仍擁有家人。宅詹忍下抱住他們大哭的慾望。

（霍特伍德莊園，紐約近郊）

狄奇與嘖嘖精正在草堆裡悠閒地咀嚼著，伴隨周圍壯觀的鼠欄讓溫室旁頓時成了迷你牧場，拎著菜籃的格姆林則一邊為天竺鼠發放糧草一邊抱怨這堆喜歡發出呼嚕聲的小可愛。

當我們回到霍特伍德莊園的那天差點沒被眼前景象嚇死，大宅裡竟然憑空冒出數百隻嘰嘰喳喳的天竺鼠，一旁飄著手拿掃把的翠西亞和正在試圖阻止她毆打天竺鼠的馬修與阿福。搞半天我們才知道這堆莫名其妙冒出來的小傢伙正是賽勒斯的生財工具，是路德和法蘭茲巡視巴特勒大宅時在花園裡發現的。出於好意，牠們把這群無辜的生物全都變進霍特伍德莊園以免被打鬥波及。

「牠們不討厭我，真稀奇。」戴爾愉快地搓揉一隻正在打盹的阿比西尼亞天竺鼠，身上還抱了隻無毛天竺鼠[31]，那隻有對大眼睛的小胖子看起來真像被瘋狂科學家縮小的豬。

「你終於找到貓咪以外跟你合拍的動物了。」我搭上他的肩膀。

「但願如此，不過數量有點多，或許能幫牠們找到更適合的主人。」

「我想牠們不太適合車庫拍賣，也許聯絡史丹利的天竺鼠俱樂部還有用吧。」我找到空檔輕啄他的耳朵，這讓他紅著臉湊進我懷裡。

「大概，不然我媽會成天向你抱怨。」他拉著我的手走進溫室，裡頭一如往常飄著正在整理蘭花的翠西亞。

「你們把小妖精借走太久了，我需要牠。」翠西亞依然拒絕對我擺出好臉色。

「格姆林等會兒就餵完動物了。」戴爾走向她讓她終於面露笑容。

「頭髮裡有稻草，寶貝，真像農場裡的野孩子。」翠西亞語帶憐惜地撫著他的臉頰，視線隨即飄向我的方向。「我有些話想對榭爾溫說，你先回大宅梳洗吧，我聽馬修說你今晚有宴會要參加。」

「我不能留下來嗎？」他撒嬌問道，過於稚氣的音色讓我寒毛直豎，到現在我都很難相信他

---

[31] 阿比西尼亞天竺鼠（Abyssinian）是一般常見的短翹毛天竺鼠，有各種毛色；無毛天竺鼠（skinny pig）則是只有口鼻部有些許毛髮或幾乎沒毛的品系。

能發出這種聲音。

算了，世上沒什麼不可能的事情。

「放心，我不是要責備他的。」翠西亞親吻他的額頭。

「……好吧。」他不放心地看我一眼。

玻璃門關上後，翠西亞竟然一反平常的冰冷表情對我笑了出來。

「有什麼事嗎……霍特伍德夫人？」這實在有點可怕。

「戴爾覺得我很討厭你對吧？」翠西亞繼續撥弄那堆蘭花葉子。

「老實說，整座莊園都覺得妳很討厭我。」就連馬修都放棄先前的惡作劇甚至有跟我變成酒肉朋友的傾向（這讓阿福有些不滿），我只好告訴自己要是真發生什麼事就變出防護罩把自己藏在裡面，欸不對，這跟蚌殼有什麼差別？

「你對戴爾和珍妮做出的事當然不是三兩下就能靠道歉解決的，你應該很清楚。」她放下花盆。

「我知道，所以我一直都在盡力補償過去造成的傷害。」這讓我感到心痛。如果當時沒拒絕戴爾的告白，這些悲劇是否就不會發生？洛文和那些無辜的人是否也能好好活著？

天啊我又在亂想什麼了。

「你覺得自己在補償這一切？」

「因為我愛他們，我不能讓他們再次受傷。」有些愛就算粉身碎骨也要緊緊抓住，然而有些愛卻是在放手的當下讓彼此得到自由。

「阿爾弗雷德曾告訴我他的觀察。你是個好人，榭爾溫，雖然神經有點大條。」她莞爾一笑。「而且過於博愛，你懂我的意思，我擔心我那固執的兒子有天會讓你厭煩。」

「我不會那麼做，請相信我！戴爾為了我就連命都能不要，我怎能再次背棄他？我愛他！我願意用生命守護他！」

「我能理解，只是想瞧瞧你被激怒的樣子，沒成功還真可惜。」她飄向我，接著是鬼魂獨有的冰冷貼上臉頰。

她露出溫暖微笑，那看起來和戴爾非常神似，就連珍妮都沒如此相像。

「我會永遠陪伴他，霍特伍德夫人。」我握住她的手。

「我會祝福你們。」她的臉龐沒有一絲紋路彷彿精緻的陶瓷玩偶，然而我卻能感覺歲月和人世間的各種情感早已將她侵蝕殆盡，就像她的丈夫和管家一樣。

我和翠西亞在溫室裡待上好一陣子順便幫她的植物換盆，直到格姆林哀怨地從鼠欄那兒回來才被放出溫室。這讓我的指甲縫卡了不少髒東西，還得到一個摔破的花盆和霍特伍德夫人最擅長的嘲笑。

然而，有件事仍讓我感到恐慌。

根據翠西亞的說法，在天竺鼠如大雨般降臨霍特伍德大宅後，一道詭異的光芒罩住整座莊園，無論是活的和死的東西都無法進出（這讓倒楣的園丁老史密斯慢了一天才拿到高血壓藥），直到我和戴爾出現在莊園門口才瞬間消失，我們當時只聞到微弱的硫磺氣味而已。

這到底是怎麼回事？那兩個抹滅者應該不至於變出那種東西，難道又是那張恐怖大臉的傑作？他又想幹嘛？

「你似乎有什麼瞞著我們？」阿福一邊擦拭大象頭標本一邊問我。「就連戴爾也是，你們在巴特勒大宅除了遇上三頭犬之外到底還發生了什麼事？」

「宣稱是我哥的強大惡魔。」我只好把防護罩之外的事情實話實說然後挫敗地坐在主書房地上。

「那東西說我跟戴爾曾經在地獄企圖謀反並逃亡人間。」

「你的意思是連我兒子都有問題？」馬修放下鸚鵡標本吃驚地看著我。

「無論那王八蛋說了什麼，我們都已經與那些事情無關。我們……早已成為凡人。」

「但願地獄也這麼認為。」阿福嘆了口氣。

「那道罩住莊園的光芒很可能是我們在燈塔遇上的恐怖大臉搞出來的。」離開主書房前我對他說。

「但為何要那樣做？你能想出什麼解釋？」阿福狐疑地皺起眉頭。

「保護這裡？我想不出其他原因，但這麼做的理由實在令人費解。」

回到東翼的臥房後，戴爾擔憂地走向我，我拉住他的手讓他坐上大腿，從浴袍透出的濕氣和沐浴乳香味讓我備感放鬆。

「我媽對你說了什麼？」他緊捏著我的衣角。

「她會祝福我們。」我只能看見因為洗澡水過熱而發紅的頸背。

「那真是太好了，不過從比較諷刺的角度來看，要是我今天是個女人，你大概早就被阿福裝箱扔進海裡……或許還要加上蘇洛。」

「可不是？她這麼說我倒是放心了，雖然我們能完全不管世界會怎麼看待我們。」我躺回床上享受懷裡柔軟的觸感。

「可惜世上多的是放不下心的父母，還有自詡為人類文明奶媽的法律與它們的制定者。」他轉過身讓我們緊貼彼此。

「唉，的確。」

喵喵從窗外溜進來跳到我身上，我只能任由這隻身體裡住著女巫靈魂的大黑貓在身上亂踩。

「很可惜這次沒幫到你們，我被卡在莊園裡出不去。」喵喵婉惜地說。

「你覺得這會是什麼原因？」那些地獄來的混帳顯然不會放過我們，我無法否認這個可能的事實。

「阿福雖是高手但見識仍不夠廣，況且死亡讓他有點陷入怠惰之中，就連上次闖進莊園的巴西人都比他老練。」牠瞄了正在地上撕扯內褲的咪咪一眼，嗯……那看起來很像我的內褲。「那道罩住莊園的光非比尋常，讓我同時感受強烈的惡意與良善在其間纏鬥著，我甚至敢說那就是善與惡的角力所產生的強大能量，在我被燒死後其實目睹過一次。」

「那是何時的事情？」我驚訝地看著牠。

「戴爾出生那天，整座莊園也是被這樣罩住，然而只有一下就消失了。」牠瞇起眼看著我們。

「這……你從來沒說過。」戴爾握住牠的腳掌。

「因為跟這次一樣找不出原因，而之後也無怪事發生，我當時只能推測是因為你出生時爆發的力量而導致異常。然而在你出生的同時，我看見西北方的天空也出現一道相同的光芒。」牠終於從我身上離開。「恐怕那時有兩個力量強大的通靈者出生吧，如果有機會我倒想見識那傢伙有多厲害。」

我看了戴爾一眼，他也同樣焦慮地回望我。

「我們必須讓自己變得更強。」戴爾拉著我起身，視線停留在剛才撫摸過喵喵的手心上。「不能再讓無辜之人受害。」

「當然。」我望著衣櫃的方向，上頭掛著今晚要穿的西裝，身為霍特伍德家的管家與前公眾人物還是不能邋遢出門。

「在變強之前先把房間整理好吧。」喵喵挖苦道，順便用前腳指著被咪咪抓爛的內褲。

「咪咪！」

（冰牢，地獄）

附身在安東尼・戴維森身上的惡魔對別西卜露出獰笑。

「還笑得出來？」別西卜沒好氣地瞪著他。

「把我關在這種地方當然好笑，我是給你們面子才乖乖坐在裡頭。」

「當然，用個不牢固的玻璃箱把殿下裝起來是沒用的。」別西卜輕敲牢房說道。「但你知道自己幹了什麼好事。」

「父王還在為我兒子哀悼嗎？」他冷笑道。

「他對你很失望，他從沒這麼失望。」別西卜也回以冷笑。「有兩個蠢兒子真是陛下的不幸。」

「不准提起那個垃圾！」硫磺火焰轟然撞上玻璃窗。

「那個垃圾現在看來比你更適合擔任君王！」

「你這該死的……」

「勸你收斂點，巴伊爾（Baal），你以為光靠囂張氣焰就能讓墮落天使臣服？別做夢了！」別西卜說出他真正的名字，這讓年輕惡魔瞬間瑟縮一下。

「還在醉心於墮落天使的優越感？」一道女聲在他踏出冰牢時竄進雙耳。

「我們都還保有那股優越感。」他轉頭瞪了加百列一眼。

「我可不是你們。」天使高傲地走向他。

「妳何時回天堂？」

「直到你們的判決結果出來。地獄決定如何處置巴伊爾和阿加雷斯？」

「冰牢議會選擇把阿加雷斯扔回家軟禁，他太難伺候了。」他知道議會裡都是什麼樣的貨色，阿加雷斯根本不甩他們。「至於那個被寵壞的巴伊爾……在陛下做出決定前，他都得乖乖待在牢裡。」

「那麼尼溫瑞赫和厄里亞德依然活著這件事呢？」

「議會並不知情。事實如果公諸於世，混亂又會再次降臨。」

「但如果尼溫瑞赫已在人間現身，那就大有機會找回他當初偷走的東西。」加百列對他耳語。「我不相信巴伊爾那幼稚的說詞，他一定也想著相同事情。」

「可是……」

「那根矛能變成任何東西。」

⁂

（特殊部門總部，內華達州）

海嘉不安地看著桌上一把破舊的劍。

她知道洛文警官的與眾不同之處，然而這把破劍卻是他能殺死撒旦之孫的關鍵，他的力量還不足以消滅惡魔，沒有這把來路不明的劍絕對無法辦到。

「妳看起來憂心忡忡。」伊迪絲走向她。

「妳也看見那兩人當時拿起那把劍的樣子。」她脫下橡膠手套輕觸古老風化的刀身，感覺不到任何詭異力量透出，彷彿那道在巴特勒大宅出現的裂縫已將所有來自地獄的魔法全數收回，只殘留些許撒旦之孫可悲的粉末而已。

「他變了，我是指那個籃球小子。」伊迪絲坐上長桌說道。「十年前他根本遲鈍到極點，但現在卻能打贏巴伊爾那個小王八蛋！」

「別在這裡說出那名字，我可不想讓那些探員攪進地獄家務事，他們沒必要受到牽連。」海嘉感到全身起了雞皮疙瘩。「我們恐怕得相信榭爾溫真的就是尼溫瑞赫。」

「但為何說出尼溫瑞赫就可以？」

「因為他早已被天堂與地獄抹除，是個只存在傳說中的名字。」

「但那傢伙顯然沒死，跟他一起造反的厄里亞德也是。」伊迪絲萬般不希望那位性格衝動的年輕富豪就是當年讓地獄膽寒的淫夢魔。

他的族人才是地獄真正的居民。

「這就是我們該擔心的事情，伊迪絲，我已聽見天堂有人向我傳話，那道聲音告訴我戰爭又要開始了。」海嘉揉著太陽穴回憶道。

「天啊！但願這不是真的！」伊迪絲痛苦地皺起眉頭。

「但首先還是得搞清楚這把劍的來歷。這東西可能是某種人類文化中的法器，在情況允許下能集中甚至強化通靈者的力量。」海嘉指著桌上的破劍說道。

「這東西不是洛文警官拿來殺死小惡魔的嗎？」

「是的，根據賽勒斯・巴特勒留下的財產清單，這把劍是他從烏魯克[32]偷來的但沒有詳細說明。」

「但洛文為何能用這把劍殺死惡魔？我摸了它卻什麼都沒感覺到。」伊迪絲狐疑地看著早已失去光芒的刀身。「也許它有開關之類的，或符合某種條件時才能使用？等等……洛文跟榭爾溫

32 烏魯克（Uruk）是位於伊拉克的蘇美文化古城，

握住這把劍的時候是不是都受傷了？這是他們的血對吧？」她指著刀柄上的褐色污漬。

「對，但妳該不會指的是……」

「血液。如果血液就是解開這把劍隱藏力量的關鍵，那他們當時能擊敗那兩個惡魔就有解釋了！」伊迪絲拿起一旁的手術刀從手掌劃下。

「喂伊迪絲，別貿然行事……」

「只能試試看不是嗎？」她握起劍柄。

傷口流出鮮血滲入劍柄，一串扭曲的暗紅色文字逐漸浮現。失去光澤的刀身突然閃爍起來，最後竄出熾熱光芒彷彿暗夜中燃燒的火炬。

「該死！這東西不是人間該有的！」海嘉爆出咒罵。「這東西是……」

「天堂鑄造的武器。」伊迪絲不安地看著刀柄上的文字。「而且還是墮落天使所有。」

（地獄公爵宅邸，地獄）

阿加雷斯不快地瞪視佇立壁爐前的別西卜。

「我想你不是為了幫助大王子除掉尼溫瑞赫才加入他吧，公爵。」別西卜轉頭瞥了他一眼。

「你比冰牢議會精明多了。」阿加雷斯歪嘴笑著。

「那些凡人鬼魂並不清楚地獄的遊戲規則，即使待在這兒數千年亦然。」別西卜打開小桌上的酒瓶為自己倒了一杯，冰塊從杯子裡憑空冒出。

「那你的猜測又是什麼？別讓我對你的睿智失望了，別西卜。」

「你根本不管誰會繼承陛下的位子，你只在乎那根失竊的矛罷了。」

「呵呵，你真的很聰明，不愧是陛下的副手。」阿加雷斯笑了出來。

「那你呢？你怎麼看待自己在地獄的位子？」別西卜遞給他另一個酒杯。

「我們都曾認為自己在為尊嚴而戰。」阿加雷斯猶豫一陣後決定接過它。「看看我們得到了什麼？」

「權力和折磨人類的機會。」

「這兩項天使也有。」阿加雷斯聳肩笑著。「我們最終是得到一個國家。」

「就因為是得到了一個國家，所以你才會如此在乎那根矛的存在囉？」

「這比統治者是誰還重要。」

「聽起來像某種叛國宣言。」別西卜決定再倒杯酒，他開始忌妒起公爵的珍藏了，這個老王八蛋無論如何都不願放棄奢華，搞得他自己現在看起來像個工作狂一樣無法好好享樂。

「我在乎的是惡魔身為地獄統治者的權威，那武器能幫助我們維持現況。」

「我比較偏好墮落天使這稱呼。」

「我們應當以現在的身分為榮，因為天堂老早就背棄我們！」阿加雷斯硬是壓下把酒杯捏爆的慾望。「他們擊倒我們！拋棄我們！把我們丟在這片黑暗中等死！我們在此流下鮮血只為讓自己活著！」

「你省略了屠殺地獄原住民這件事。」

「那是必要犧牲！」阿加雷斯還是把酒杯捏爆了。

「容我一說，你好像也有淫夢魔情婦。」別西卜實在不想挖出更多舊帳。

「講得一副你沒上過厄里亞德那個小婊子一樣！」

「我敢發誓沒上過他，我是認真的。」

「你不也支持大王子？我相信你能理解我的顧慮，別西卜。」

「我會支持他是全是因為尼溫瑞赫那個蠢貨想要所謂的種族平等，甚至不惜違抗陛下！」

「所以我們仍在同條船上啊，我們目標是一致的。」

「我建議你別整天擺出一張想要種族清洗的嘴臉，公爵。」別西卜聳了聳肩。「那會對你的公眾形象有所幫助。」

「那是你的專長，我喜歡讓人一看就知道自己是誰。」

「我想要的是全地獄對陛下的忠誠，即使恨透那群骯髒的蟲子……試圖殺光蟲子永遠都是徒勞無功。」

「你是我的密友所以我才實話實說。」阿加雷斯對他耳語。「自從陛下帶領我們打敗仗後，我就再也沒信任過他。」

別西卜很久沒如此憤怒。

「……我能理解，公爵，但兩個王子目前都沒能力繼承王位，尤其又有一個早已成為凡人。」

「所以我們會更需要那根矛，就像把地獄魔犬從那群希臘人手上搶來一樣，得讓其他種族認清他們無法輕易推翻我們的統治。」

「我們會找到那根長矛，公爵。」

搞半天你根本對自己毫無信心。別西卜在心裡翻了無數個白眼。

我們又回到去年處理史萊姆幽靈的飯店，但路德和法蘭茲那兩個小混蛋竟然躲進勞斯萊斯的行李箱跟了過來，希望那些陰間住戶不會被牠們嚇跑。我後來才知道這裡其實有幾個幽靈頗為友善，甚至會幫粗心的房客沖馬桶或用鬼壓床的形式提醒他們別忘記私人物品。

帕克先生一如往常地滿頭大汗，穿著閃亮亮的西裝在舞廳裡與各路名流握手彷彿一顆到處亂滾的迪斯可球。

「我還以為你們不會出現呢！」真稀奇，帕克先生竟然願意跟我握手。

「我把管家帶來應該沒關係吧？」戴爾愉快地指著我問道。

「當然沒問題！我真的得好好感謝你們，要不是你們我早就被那堆幽靈煩死了！」帕克先生笑得真開心，就連之前那場小意外在臉頰上造成的疤痕都無法破壞他的好心情，我想還是別跟他提起那些友善幽靈的存在好了。

與熟人寒暄後，我們漫步到陽台上欣賞曼哈頓夜景。戴爾挽住我的手，我瞬間感覺有視線掃向我們，即便彩繪玻璃門已經把我們和舞廳裡的人群隔開。

「你還記得你說過我很正常這件事嗎？」他悄聲問我。

「當然啊。」我撥弄他的淺金色髮絲。

「我當時好像是回答『我希望全世界都像你一樣』，但我開始覺得不該活得如此痛苦。」

「我以為……你不在乎。」我以為戴爾老早就擺脫那些包袱了。

「我試著不去在乎，但最終發現根本搞錯了一件事。」

「怎麼說？」我想起他看到寶玲一家時的失落感，恐慌逐漸佔據我的思緒。

「這就只是……愛。我為何要在意？」他認真看著我。「我愛你，就只是這樣而已。」

我鬆了口氣。

或許我還深陷在這個盲點之中，無法阻止自己不斷想起古往今來那些為愛而死的人們。

但他就在這裡，在我身旁。

我愛他，這是不變的事實。

「我想親你，戴爾。」我捧住他的臉頰，他放鬆地窩在我懷裡，我多希望時間能就此停止。

玻璃門突然傳來門把轉動的聲音。

「霍特伍德先生？」一張陌生面孔映入眼簾。

「記者。」戴爾不耐煩的聲音竄進腦海，我注意到那傢伙脖子上掛了張記者證。

「我是《亨普斯特德先鋒報》（*Hempstead Pioneer*）的華特・本雅明，能否借點時間訪問你們？」那傢伙怯生生地開口。

「你想問些什麼？」我總覺得剛才那道視線並非錯覺。

這人有些不對勁。

等等，《亨普斯特德先鋒報》不是早就消失了嗎？我記得費艾加[33]說過這件事，還給我看了戴爾的父母當時被射殺的新聞。

「華特・本雅明？這是巧合還是你的玩笑呢？」戴爾狡猾地笑著。

「噢，我剛好跟那個德國哲學家[34]同名同姓。」自稱本雅明的傢伙不好意思地搔著頭髮。「我聽說你們會暗地接洽驅魔工作，因此想寫個相關報導……我工作的報社喜歡怪力亂神。」

「真稀奇，原來我們已經聲名遠播了啊。」戴爾悄悄捏住我的西裝外套，看來他也感覺到不對勁。

我試著尋找空氣中的詭異氣息，想看穿眼前這個人的真面目，卻無法從他身上找出任何奇怪之處，然而不安感卻越來越強烈。

「《亨普斯特德先鋒報》不是很早就沒了嗎？難道你們復刊了？」我只好拐彎抹角試試。

「原來你記性變這麼好啊，尼溫瑞赫。」本雅明露出獰笑。玻璃門優雅地自行闔上。

空氣中充滿硫磺味和昆蟲振翅的聲響。

「該死！」我連忙把戴爾抓到背後。

「別緊張，要怎樣我早就動手了。」本雅明聳了聳肩，順便一把抓住突然冒出的路德和法蘭

33 這份虛構刊物曾經出現在《歡迎光臨愛貓社區》中，費艾加（Edgar Fairbank）則是喜愛收集犯罪新聞的圖書館員，在愛貓社區的風波裡慘遭殺害。

34 華特・本雅明（Walter Benjamin, 1892-1940）是德國猶太裔哲學家與文化評論家。

茲。「犯人已被扔進大牢，看來你們倆最近能喘口氣了。」

「你到底是誰？」我終於感覺一股強大到幾乎要壓垮陽台的力量從這人身上不斷湧出。

「一個願意信任你的惡魔，在此替你父親傳達剛才的訊息。」本雅明的頭上冒出一對犄角。

「您為什麼會跑上來啊別西卜大人？」路德看起來快嚇死了。

「別……別西卜？」幹！這下真遇上大尾惡魔了！我怎麼能如此倒楣！

「好了你們別再緊張了，我只是來替陛下傳話沒有其他目的。」別西卜放開那兩隻抹滅者。

「放鬆之餘還是要警覺點，你們的真實身分已被一些地獄居民察覺，這不是件好事。」

「我們過去到底在地獄做了什麼好事得讓你們如此『忙碌』？」戴爾不信任地瞪他一眼。

「一言難盡啊厄里亞德，我懶得說故事，總之小心點就是了。」

「所以……那真是我在地獄的名字？」

「你應該已知道自己是淫夢魔，而且是個優秀的將領，比你旁邊那個飯桶王子有用多了。」

噢很好，也許附在安東尼身上的傢伙就是因為這樣才想除掉我，要是我有個沒用到極點的飯桶弟弟還搶走所有財產大概也會恨死他吧。

「我不認為該信任你，你想從我們這裡得到什麼？」戴爾繼續質問他。

「並沒有，你得感謝你愛人的父親是我拜把兄弟，我會看好那些小魔鬼。警覺點，這是我唯一能給你們的忠告。」別西卜不屑地指著我然後消失在空氣中。

「別西卜大人……他的擔保非常有效……」法蘭茲喘氣說。

「但願如此，我們真的得很小心。」戴爾竟然把這傢伙拎起來摟著，真是讓我大開眼界。

我再度緊抱他，舞廳透出柔和的金黃燈光與樂聲，彷彿時間剛才真的被停止。法蘭茲跳下他的手臂和路德飄浮在我們身旁，不安地望著夜空彷彿那裡即將發生什麼可怕的事情。我很好奇牠們為何不是往地面看，地獄應該在地底沒錯吧？

「我會拚死保護你。」我對戴爾耳語。

「我也會這麼做。」淺金色髮絲埋進我的頸側「我愛你，榭爾溫，我會為你而死。」

我想說出那句話，即使那張恐怖大臉讓我感到畏懼。

「就連死亡……也無法拆散我們。」

我把他摟得更緊。

END

前傳

普瓦斯基

（一九九四年六月，特殊部門總部，內華達）

特殊部門祕書艾倫・圖西拎著紙盒走下飛機，迎面而來的是外勤部隊成員海嘉・曼恩與伊迪絲・查瑟，背後跟著一個戴膠框眼鏡的年輕人。

「波士頓好玩嗎？」海嘉愉快地接過紙盒，香甜氣味從裡頭飄出。

「變了不少，幸好食物依然如昔。」圖西聳肩回應。「詹姆士・金的訓練目前如何？」他瞄了年輕人一眼。

「接近完美。」伊迪絲搓揉詹姆士的頭髮說道。

「只差沒實戰經驗。」海嘉對圖西眨眨眼。

「最近或許有機會，總得讓新人見識我們的工作實況。」圖西友善地和詹姆士握手便走回辦公室。「還有，詹姆士，你推薦的那兩個人選還有待加強，而且其中一個根本毫無用處。」

「我只是隨口說說，沒想到圖西先生竟然親自去測試他們。」詹姆士望著他的背影說道。

「榭爾溫和戴爾嗎？他們的確需要磨練，外加榭爾溫不是幹這行的料啊！」伊迪絲想起去年在倫敦度假時的趣事不禁笑了出來。

「那小子還是去打籃球算了。」海嘉嘆口氣回應她然後轉頭看著詹姆士，這次是用他的代號稱呼。「對了宅詹，等會兒要開會，記得提醒隊長他們。」她知道這孩子其實討厭別人直呼他的姓名。

「知道。」宅詹吹起口哨漫步在冰冷走道上。

這裡遠比任何地方都像家，他已經被所謂的家庭拋棄太多次，只有這地方不會奪走他的家人，如果那些探員能稱為家人的話。離開大學後他便回到這座彷彿從沙漠中長出的鋼鐵城寨，所有東西都像小時候第一次踏進來時沒太多變化。他走到一扇門前猶豫著要不要敲門，他很清楚這時最好別打擾裡頭的居民，但海嘉的吩咐還是別違背比較好，不過當他舉起手時房門便自動打開了。

「喔嗨阿宅，龍介說你就在外面。」泰瑞・柯林斯探頭出來向他問好。

「呃……你沒穿內褲。」宅詹翻了個白眼回應全身光溜溜的探員。

「沒辦法，炮打一半你就跑來敲門了！」泰瑞誇張地笑著。「那兩個天使阿婆又有什麼吩咐？還是隊長又找不到我們在發飆？」

「海嘉說等會兒有會要開請記得出現。」宅詹偷瞄房間一眼確認裡頭的確有另一位探員，那對在黑暗中發光的黃色眼睛常讓他寒毛直豎。

「好啦我記得啦，而且你好像也要出席的樣子。」泰瑞搓著下巴若有所思地盯著他。「你的第一個任務，看來會非常有趣。」

「我方便先得知內容嗎？」宅詹幾乎無法壓下內心激動，他已經期待出外勤很久了。

「有點耐心，小傢伙。」黃色眼睛的主人伴隨一陣微風出現在泰瑞身後，那對翅膀顯然沒在剛才的激情中收起。「既然已名列其中就別再用無謂的擔心壓垮自己，先去好好休息吧，你昨天沒睡不是嗎？」

「加……加藤先生？」他吞了口口水。

「叫我龍介就好，你太有禮貌了。」加藤龍介露出狡黠的笑容。「不如先去通知你師父吧，那傢伙最可能忘記開會。」他摟著泰瑞的腰說道。

「好……你們慢慢忙……」宅詹頭也不回地逃出走廊。

「你又把小宅宅嚇跑了。」泰瑞轉過頭親吻龍介，這讓有著黃色雙眼的日本人放鬆地瞇起眼睛。

「那小子真的很好嚇，總讓我忍不住出手。」龍介在他唇邊低語。

「你還真管不住自己啊，看來我得好好看緊你了。」泰瑞把他抱起來繼續熱吻，就在他要關門時，伊迪絲的聲音突然從走廊另一頭傳來。

「開門幹炮是你們的新情趣嗎？」金髮天使幸災樂禍地看著他們。

「在訓練場和女友打得火熱的人可不是我們喔。」泰瑞對她扮了個鬼臉。

「總之你們很清楚不能讓詹姆士在這次任務中受傷，他只是來見習的。」伊迪絲指著他們碎念。

「風險是一定有的，伊迪絲，我們不能給予任何保證。」龍介無奈地回應她。

「我不懂圖西為何突然要讓詹姆士參與這次行動，要逼他進步也不是這樣。」泰瑞關上房門前皺眉說道。

伊迪絲也同樣皺起眉頭，但她打消那些猜疑，也許適時相信圖西並非壞事。

精確計算，那是前警探艾倫・圖西重獲新生後的專長，雖然通常缺乏人性兼掃興的份彷彿會開口告訴你成功通過小行星帶的機率只有1/3720[35]，但他們這些幹盡骯髒事的探員又需要人性幹嘛？她努力說服自己。

宅詹踏進辦公室時聞到一股熟悉的檀香氣味。

[35] 借自《星際大戰》裡的機器人C-3PO的台詞。

「詹姆士？」辦公椅傳來問候。

「嗨，老師。」宅詹愉快地走向正在飛快打字的印度人。

只有這個人直呼他的姓名時不會讓他感到厭惡，他這麼想。

「訓練進行得如何？」阿拉夫‧辛格停下手邊工作，轉過辦公椅對他露出笑容。

「伊迪絲說我表現不錯。」宅詹也開心地笑著。「對了，等一下要開會，海嘉要我來提醒你。」

「開會？嗯……好像有這回事。」阿拉夫不好意思地搔著頭髮。

「你總是忘記開會啊老師。」

「哈哈，沒辦法，一摸到電腦就停不下來。」阿拉夫伸了個懶腰從座位起身，順手拎起吊在門上的皮外套穿上。「我先去找隊長閒聊。你看起來有點疲倦，先休息一下吧。」臨走前他這麼說。

「噢……是的。」他端詳鏡子裡的自己一陣，實在看不出有哪裡精神不濟，也許那些體質特異的探員自有辦法分辨（或其實是他死不承認而已），他只好在阿拉夫的辦公室裡找張沙發躺下來休息。

阿拉夫‧辛格的下一站並不是隊長的房間，也不是會議室，而是空無一人的訓練場。

他知道有人在這裡。

「依然知覺靈敏啊。」女人的聲音竄進雙耳。

「隊長……娜塔莎。」阿拉夫抬起頭，一道人影從天花板樑柱跳了下來。

「想跟我運動一下嗎？」外勤部隊隊長娜塔莎‧妮可按下按鈕，鐵捲門發出噪音後走出一尊巨大的機器人。

「我還沒做暖身操。」

「跟今晚的任務相比，這應該就是暖身操了。」娜塔莎露出微笑。

「我找出那些案發現場的所有監視器，但還是無法解讀監視器錄到的影像。」阿拉夫一邊閃躲機器人一邊說。

「它們錄到什麼？」娜塔莎俐落擊中機器人的腦袋讓它變成一座行動緩慢的大郵筒。

「長條狀的龐然大物加上四隻長爪子的腳。」阿拉夫賞了那東西最後一擊。

「你想說的是……我們將要面對的是頭怪物？」

「恐怕如此。」

「除此之外你還看到什麼？」娜塔莎知道對方理解她的言外之意，那是他們多年來培養的默契，甚至早已超越愛情使他們無法割捨彼此。

「妳知道我無法時常預測未來，只能在關鍵線索出現實偶爾得到那不可知存在的啟發，而且經常語焉不詳。」阿拉夫笑著說。

「而你這次感到害怕？」

「我已經告訴圖西了，他會讓詹姆士參與這次行動大概就是因為這原因吧。」阿拉夫握住她的手。

「『他必須成長。』這是圖西告訴我的。」娜塔莎幾乎能猜出答案，但她無法說出口。「你看到了什麼？」

「離別。」

兩小時後，艾倫・圖西站在投影布幕前看著探員們，掃視四周後不禁皺起眉頭。「詹姆士呢？」

「這裡，我把他帶來了，竟然睡在阿拉夫的辦公室。」龍介把睡眼惺忪的宅詹拎進會議室。

「翅膀，加藤，你的翅膀快撞到吊扇了。」圖西對龍介翻了個白眼。

「抱歉！」龍介紅著臉把閃爍金黃色澤的褐色翅膀收回體內，坐在一旁的泰瑞趁機對圖西扮了個鬼臉。

「這幾個月來，南方發生數起攻擊事件，受害者只有一人生還。那些受害者……我實在不想說他們是受害者，但那些人的確莫名其妙遭到詭異的襲擊。」圖西指著布幕上一片狼藉。

泰瑞吹了聲口哨。

「真精采。」

一具殘破的屍體。那個倒楣鬼被打成蜂窩，和另一個失去腦袋的同夥被電線纏起掛在天花板上。

兩人都身穿白色長袍。

「遭到攻擊的種族仇恨團體，聽來真諷刺。」圖西放出下一張投影片。「過去我們也常遇到這類惱人的案子，多半是黑吃黑，但從這幾次案件來看，恐怕已有非人類生物涉入其中。」畫面中有半根燃燒的十字架，上半部已經斷掉插進牆壁讓整棟建築陷入火海，地面滿是屍塊和到處四散的尖頭罩。

「非人類生物的證據呢？」伊迪絲悠閒地翹起二郎腿。

「除了大量彈痕，我們還在案發現場找到巨大爪印，還有留在建築物和受害者身上的咬痕。」圖西放出幾張受害者的細部照片。「鑑識組都沒能找到任何生物性殘留，也就是沒有異樣的組織、體液或毛髮等東西留下，就連那些咬痕都是……彷彿受害者被空氣咬死一樣。」

「有沒有可能是兇手的武器造成貌似動物攻擊的痕跡？偽造的動物攻擊？」

「我本來也這麼想，但從目前找到幾個原本就裝在案發現場的監視攝影機來看，兇手極有可能是某種未知生物。」阿拉夫把錄影帶塞進放映機，灰白色螢幕上只有一團巨大的長條狀物體竄了過去。「長條狀身體、四隻或是更多隻長爪子的腳，可能屬於某種型態接近蜥蜴的巨型生物。」

「有拍到那生物的頭嗎？」龍介狐疑地翹起眉毛。

「很可惜沒有，你想到了什麼？」

「沒……我只是想到東方的龍而已，但那東西只存在神話中。」龍介頓時覺得這麼說有點諷刺，和人類相處太久的壞處就是經常會忘記自己也是個怪物。

「我們在阿拉巴馬州的案發現場找到一位倖存者，目前已精神崩潰，但他的證詞的確出現關於這隻神祕生物的形容，類似你說的東方龍。」圖西按下錄音機按鈕，喇叭爆出一串淒厲的尖叫。

「大蜥蜴！一條可怕的大蜥蜴！那東西會咬死人！啊啊啊啊——還有一個拿槍的小鬼到處掃射！我只記得這些不要把我給呃啊啊啊啊啊——」

剩下的錄音都被無法解讀的囈語和慘叫佔據，圖西不耐煩地關掉錄音機。

「抱歉，人是我拷問的所以有點吵。」海嘉聳了聳肩。

「天啊海嘉，妳又對犯人幹了什麼好事？」娜塔莎壓下對同僚翻白眼的慾望。

「用電的。」

「我就知道。」

「我們對數量不明的兇手所知不多，但可以確定兇手鎖定種族仇恨團體攻擊。」圖西對他們說。「而這情況也在那些人渣之間形成傳聞讓他們更警覺，例如有團體試圖召喚抹滅者的行動便在這陣子銷聲匿跡幾乎無法追蹤。最近的攻擊集中在田納西，目前掌握到的資訊是有個兄弟會今天準備在那裡舉辦大型集會，他們恐怕也想誘使兇手現身，你們這次的任務就是在那兒埋伏。」

「還真不想替那些跟納粹相差無幾的混蛋操心，說不定兇手就是種族主義的受害者。」伊迪絲不屑地看著布幕上的照片。

「但我們不能對報復性的殺戮坐視不管，彼此傷害不會有任何結果。」圖西拔下眼鏡擦拭。

「如果那怪物和槍手是貨真價實的東西，那就把他們逮捕歸案吧，說不定還能收編他們。」

運輸機上已站著醫官南森・托倫斯心神愉快地看著迎面走來的探員們，當他發現宅詹也在其中時露出驚訝的表情。

「不會吧？這小子也要跟來？」他指著宅詹大叫。

「來見習的，之後或許會經常跟著我們亂跑。」娜塔莎吩咐一旁的技術人員將幾把槍交給宅詹。

「我們也不年輕了，得快點找到接班人。」

「也是，看著你們我也開始擔心往後人生了。」

「少來了，你這殺人醫生現在才幾歲？」伊迪絲搭上他的肩膀。

「哈哈，妳還是很愛叫這名字！」

殺人醫生是南森在地下社會的綽號，他原本是個優秀的醫學院畢業生，卻在目睹家人被幫派殺害後走上險路，一邊復仇一邊行醫，這讓他曾經名列黑白兩道的頭痛人物，最後被特殊部門逮捕收編。

南森總是戲稱在這裡工作不用繳所得稅。

裝死總有許多福利，不過卻是犧牲整個人生換來的重新開始。

「我可不像妳這老不死的妖婆，沒青春肉體我會找不到約會對象耶！」南森和她打鬧起來。

「妳女友跟肌肉棒子感情真好。」泰瑞對海嘉耳語。

「就當作是兩個小女孩在幫對方編辮子吧。」她翻了個白眼。「話說回來，你跟龍介上次不是還找了南森玩了場三人……」

「那沒有發生。」龍介意味深長地笑著。

「為何？」

「怕被我們榨乾，各種意義上。」泰瑞趁機湊過來對龍介上下其手。

「也是，你們的傳聞太可怕，南森大概不敢冒險。」海嘉看過兩人的檔案，這對亡命情侶過去曾在一個到處收購非人類生物的馬戲團工作，直到泰瑞無法忍受團長的殘忍行為。他慫恿這位有蝴蝶翅膀的日本老兄一起逃出那個鬼地方，但不幸在逃亡期間身受重傷而被迫成為龍介的同類，兩人成為探員前經常為了飲食需求而上演仙人跳的劇碼。

吸血生物。海嘉想起那些老電影。

宅詹仔細翻閱這次任務的說明，試著不去想起自己會暈機這件事。

「到現場一定要記得一件事。」阿拉夫在他身旁坐下。

「什麼事？」宅詹突然感到不安。

阿拉夫還想告訴最寵愛的學生更多，但他無法這麼做。當他從監視器裡找到關鍵影像時，那該死的通靈者能力不是時候地預示這會是他的最後一次任務。

他看見一片血紅。

「想辦法活著。」

「我知道，老師……這我當然知道。」宅詹不解地看著他。

「我太愛操心了！總之小心點就是了！」阿拉夫緊緊抱住他便快速放開。

（普瓦斯基城，田納西）

艙門打開後，七道人影沒入日落時分的紫黃色光芒之中，機場已有近百位技術人員與當地支部的情報員待命多時。

「陣仗真大。」娜塔莎和領頭的情報員握手時說道。

「那群垃圾為數不少而且還擄走一家子黑人，外加……有怪物的傳聞……恐怕會需要支援。」領頭人謹慎地打量外勤部隊彷彿在觀察一群外星生物。「但有你們在應該不是問題吧。」

「但願如此。」娜塔莎快步走進黑色廂型車，其他探員也隨後消失在巨大黑盒子裡頭。

「普瓦斯基，真是好選擇。」泰瑞上車後點燃香菸。

「為何？」詹姆士好奇地抬頭，一陣噁心讓他差點把午餐吐出來，看來他必須認真面對暈機的問題或制止泰瑞逼大家吸二手煙，但這股暈眩此時卻又和首次執行任務的興奮感詭譎地交融，讓緊鎖的眉頭與嘴角幾乎要扭曲成一抹微笑。

瘋狂的微笑。

真是新鮮，他曾經有過這種感覺嗎？他對這股異樣的生理反應感到好奇。

「那幫人渣的誕生地。」泰瑞吐出煙霧。「這地方命名自死於獨立戰爭的英雄[36]，卻在南北戰爭後成為首批3K黨成立的地點，選擇普瓦斯基舉行大型集會並不令人意外。」

「看來這陣子的攻擊讓他們急需提振士氣……證明他們還能用恐懼繼續恫嚇人。」龍介一邊檢視彈匣一邊答腔。

「他們想提振士氣，我們想從他們那裡摸出線索。」海嘉開啟電擊棒確認機器有正常運作。

---

36 此人是波蘭貴族Casimir Pulaski（1745-1779），定居北美後協助獨立戰爭，曾經拯救過喬治・華盛頓，最後因傷重過世。以普瓦斯基命名的普瓦斯基城在南北戰爭（1861-1865）結束後出現第一批3K黨，由六位效命於南方邦聯的退役軍人在一八六五年十二月二十五日創立。

「那頭怪物最好這次就要現身。」伊迪絲愉快地看著窗外零星的燈火。

阿拉夫再次搭上詹姆士的肩膀。

「緊張嗎？」

「……還好！」突如其來的碰觸將詹姆士從思緒中猛然拉回現實。

「這讓我想起成為探員前的考驗。」阿拉夫搓揉他的頭髮。「興奮、不安，甚至是一絲嗜血的狂喜，我當時幾乎能感覺空氣中正瀰漫這股成份複雜的焦慮充斥所有人，最後帶回的卻是陣亡的同袍。」

他咬緊下唇。

他看過那場考驗的記錄，那批情報員只有一人活下來並進入外勤部隊。

「這股焦慮正在侵蝕你，詹姆士。」阿拉夫對他耳語，熟悉的檀香味再次進入鼻腔。「想像你準備扣下扳機，你會帶著什麼心情這麼做？」

「我？如果正與敵人交鋒時當然是以消滅對方為目標啊。」

「是的，但你當下的情緒呢？消滅極惡之人時的情緒？」

「他們是罪犯，我恨罪犯。」

「殺死罪犯會讓你感到欣喜？」

「……我想是的，這是我的工作。」

「別對敵人的血露出笑容，不值得那麼做，嗜殺的狂喜能消滅一個優秀的槍手。」阿拉夫接過泰瑞遞來的香菸。「不帶情感開槍能讓你表現得更好，即使我們的屍體就躺在你面前。」他深吸一口後把濾嘴湊近詹姆士的唇邊。

詹姆士感覺這會是他第一次也是最後一次抽菸。

火舌舔上白色十字架，空曠廠房頓時充滿高溫和許多有著細長尖頭的人影。儀式通常在原野間進行，或許就連這群囂張的施暴者也害怕起那則傳聞。

尋仇之龍，有人如是說。顯然特殊部門並沒逮著所有倖存者。

屋樑早已佇立幾道陰影窺伺著，火光晃動使得下方人群彷彿是在地獄業火中燃燒的鬼魂。

技術人員和情報員已經包圍這場仇恨的盛宴，一切只欠擦槍走火的時機。就算沒有怪物出現，目前掌握到的情報也足以讓特殊部門對這群種族主義者出手。

「看到那幾個麻布袋沒？」娜塔莎放下對講機，小心翼翼躲進屋樑上的一個角落。

「有，正在蠕動。」海嘉緊捏電擊棒回應她。

「人質就在裡面。」娜塔莎難掩聲調中的憤怒。「集會將在那家人被殺死時達到高潮。」

「不現在動手？沒必要待在這兒欣賞鬧劇吧？」泰瑞瞥了下頭一眼。

「再觀察一下，我們必須將人質受傷的機率降到最低。」娜塔莎拿起對講機和領頭人低聲交談，看來外頭那群情報員也快忍不住了。

然而慘叫卻從對講機爆出。

「龍！」

斷訊前她只聽見這個字。

下頭突然傳出槍響，然而往下望去卻沒看見半個情報員衝進廠房。

「入侵者——」尖叫聲在人群中擴散。

牆壁轟然一聲爆出大洞，火焰伴隨十字架碎片四處噴濺，野獸咆哮瞬間充滿整個空間。

一條翠綠色巨龍竄了進來。

「不會吧？怪物真的出現了？」伊迪絲發現自己真是個烏鴉嘴。

白袍頓時染上鮮紅，不少3K黨人也相繼掏出武器，然而在人群中敏捷移動的始作俑者似乎也穿著白色長袍，這使得他們開始自相殘殺，許多身材短小的受害者紛紛尖叫著倒地。那些尖叫聲來自尚未發育完全的聲帶，看來明天新聞頭條會相當精采。

「該不會是內鬨吧！」詹姆士緊張地捏住槍管。

「但那條龍又該怎麼解釋？」阿拉夫皺緊眉頭。

「把那條龍從人群中引開！」娜塔莎對同僚大喊。

「人質呢？」龍介再度展開雙翅。

「海嘉和伊迪絲去救人質！」她準備跳出屋頂。「外面的情報員似乎受到攻擊，我得過去查看！」

白色羽翼從海嘉與伊迪絲背後冒出，仰身跳進被鮮血染紅的人群之中。

龍介拍動翅膀竄出屋樑，在子彈飛來時轉動身軀，用金褐色蝶翼將子彈反彈回開槍的人身上讓他們爆出慘叫。

那條綠色的龍正在試圖肢解四處竄逃的白袍人，內臟殘肢飛出人群噴上著火的牆壁。龍介對牠開了幾槍，不過這卻讓他立即產生疑問。

子彈從龍身穿了過去，但那條龍卻毫無反應。

「那條龍不太對勁！」他對泰瑞大吼。

「什麼意思？」泰瑞也跳下屋樑降落在幾個3K黨人身上。

「子彈從牠身上穿過去！」

「該死！所以打不掛嗎？」泰瑞扭斷一個衰鬼的脖子。

「我說不上來！」龍介用翅膀將撲向他的白袍人劈成兩半。「那條龍似乎不是實體！」

「什麼？」

「像煙霧一樣！」

「快點告訴隊長！」泰瑞注意到有個身高略矮的白袍人站在巨龍腳邊開槍，但那條龍卻絲毫不在意那傢伙的存在。「等等！我可能找到開第一槍的傢伙了！那東西恐怕真有同夥！」他馬上往巨龍肆虐的方向跑去。

娜塔莎憤怒地衝進廠房對所有試圖擋下她的白袍人開槍，她亟欲了解外頭那群情報員為何會死傷慘重。

那條龍肯定是罪魁禍首。

「無論如何都要抓住那條龍！」她拿起對講機對阿拉夫大吼。

「走吧！」阿拉夫對詹姆士說道，海嘉的身影突然出現在屋樑上對他們伸手，他們順勢跳下然後被她接住。

「那群混蛋已經死得差不多了！」海嘉不放心地看著正在被巨龍追逐的泰瑞。

「人質呢？」阿拉夫著地後立即射殺一個準備扣下扳機的白袍人，隨後的幾聲槍響和人體倒地聲讓他不禁暗自讚嘆他那最受寵的學生，看來詹姆士已經進入狀況了。

「伊迪絲把他們傳送到支部去了！」海嘉舉起翅膀擋下射擊，像道閃電般出現在白袍人面前用電擊棒擊暈他們。

「那會大量耗損她的體力不是嗎？」阿拉夫驚嘆道。

「情勢緊急！」她注意到泰瑞所說的矮個子白袍人正準備朝他們開槍。「把礙事的傢伙通通撂倒！」

「收到！」阿拉夫示意詹姆士跟在他背後。

泰瑞正在努力思考那條巨龍為何物，當他試圖抓住那頭怪物的尾巴時像是栽進煙霧般撲了個空，但那些恐怖的爪子卻能在牆壁上留下痕跡，這真的相當詭異。

龍介在他快被利齒咬住時飛過來將他拎到一旁。

「怎麼會抓不著……」泰瑞不解地碎念。

「我也不知道，那東西恐怕不是活體……」龍介也同樣不解地看著巨龍。「……鬼魂？」

龍身在火光下有時會出現一些半透明區域，裡頭似乎有個模糊的嬌小人影。

地面躺滿哀號中的人體和無數肉塊，鮮血染紅牆壁與每件白袍，空氣中充滿各種令人作嘔的氣味與大型動物的呼吸聲。

廠房裡只剩一個白袍人能穩穩站立，破碎尖頭罩露出一叢銀白色短髮與一對黑色眼珠。

那人把頭罩扯了下來。

一頭白髮的東方男孩。

巨龍降落在他身旁，尾巴捲曲起來彷彿在保護他。

娜塔莎舉起槍管準備扣下扳機，但一道悶響讓她瞬間倒下。

「不——」阿拉夫衝向倒在血泊中的隊長。

白髮男孩繼續開了幾槍並俐落閃過直衝而來的泰瑞和龍介，兩人馬上被龍爪和有著巨大鬃毛的尾巴掃到一旁。

「娜塔莎……」阿拉夫絕望地看著尚未闔眼的同僚，鮮血不斷從她的額頭流出。他驀地起身朝白髮男孩開槍，這讓仍在補充彈藥的男孩驚訝地瞪大眼，但隨即露出殘忍笑容衝向阿拉夫。

「快離開這！」阿拉夫用力推開詹姆士。

「老師！」詹姆士摔進一團屍塊，他立即跳了起來準備射擊白髮男孩，但阿拉夫已經和對方扭打起來讓他難以扣下扳機。

「殺了那傢伙。」海嘉對他命令道。

詹姆士不斷告訴自己冷靜下來，眼角餘光無法控制地掃向失去氣息的娜塔莎。他深吸一口氣後對準正在扭打的兩人，然而白髮男孩卻搶先一步把阿拉夫往他這邊扔來害他們摔成一團，手邊的槍械被撞飛到一旁的火焰中。

「你沒事吧！」詹姆士緊張地對阿拉夫大喊。

「很好！得阻止這小鬼！」阿拉夫抹去眼角的血跡，再次舉槍對準白髮男孩，然而彈匣已無彈藥。

白髮男孩舉起槍管，阿拉夫・辛格倒了下來。

詹姆士的腦袋一片空白。

遠處的巨龍傳來咆哮，泰瑞已被牢牢抓在龍爪之中，胸前一片暗紅。

龍嘴咬著一團像內臟的東西。

「這下真的很不妙。」海嘉皺起眉頭，隨即化作一道白光消失在空氣中然後瞬間從巨龍面前冒出。

綠色巨龍扔下泰瑞的屍體試圖抓住海嘉，卻馬上被黑髮天使一拳打到牆上，但一陣絕望的嚎叫卻讓海嘉感到膽寒。

詹姆士衝向白髮男孩將他撲倒在地，白髮男孩似乎沒意識到這人會突然展開攻擊而愣住。

「那條龍是鬼魂假扮的！」龍介對海嘉大喊，淚水不斷流下眼角。

巨龍發出怒吼往他的方向逃竄，轉瞬間在牆上撞出大洞。

「龍介！」海嘉痛苦地看著滲出血跡的牆面。

龍介像隻蝴蝶標本插在一條突出的鋼筋上。

我抓得住牠……我死定了。龍介閉上眼睛前看見龍身已被蝶翼劃出裂縫，綠色煙霧滲出傷口讓龍的形體開始模糊起來。綠色巨龍發出哀號在地上彈跳著，這讓海嘉有機會抓住牠的尾巴將牠再次往另一面牆上摔去。體力耗盡的伊迪絲喘息著出現在空中，她驚駭地瞪視滿地狼藉，隨即加入痛毆巨龍的行列。

詹姆士看著手指轉為血紅，他不知道自己在做什麼。他不斷揮拳直到一些像牙齒的碎片到處飛濺，然而身下的白髮男孩卻依然維持那道殘忍的笑容。

「你奪走他們！你奪走了他們——」他絕望地對白髮男孩大吼，淚水與鮮血融合一體化為兩道粉紅色瀑布。他已經停止思考，不斷擴張的殺意佔據肉體主導所有行動，就算海嘉和伊迪絲奮力抓住他都無法停下失控的攻擊。

他只記得阿拉夫的右眼變成一潭血池。

（特殊部門總部，內華達）

幾天後，偵訊室裡坐著一坨由繃帶和麻繩組成的長條狀物體，裡頭透出一對黑色眼珠狐疑地四處打量。

「名字？」艾倫．圖西壓下怒火問道。

白髮男孩一語不發地瞪著他。

圖西打開螢幕，裡頭浮現一團正在痛苦咆哮的綠色煙霧，有個小女孩的身影不停試圖從中逃脫，但周圍的電流讓她只能尖叫著倒回地上抽搐。

白髮男孩低吼著想掙脫束縛，背後馬上冒出一臉不快的海嘉用電擊棒讓他乖乖閉嘴。

「我再問一遍，名字？」圖西在他身旁踱步。

「……你知道答案。」白髮男孩的眼神彷彿要將他碎屍萬段。

「我必須親自確認。」圖西看著手上的資料夾回應道。

「我拒絕。」

「夠了海嘉，有點耐性。」圖西阻止準備再次出手的海嘉。

「這小子沒任何用處，殺掉不就好了？」海嘉咬牙切齒地瞪著白髮男孩。

「他會有用處的。」圖西拿起對講機吩咐看管巨龍的技術人員將電流增強。「名字？最好是你們兩人的名字。你不會希望那個小女鬼被電到解體吧？」

白髮男孩咬緊下唇直到繃帶染上鮮紅。

「吳皓潔。」他痛苦地吐出三個音節。

「女孩呢？」

「林青嬌。」

「感謝你的配合。」

詹姆士・金在玻璃窗外注視偵訊進行，背後是正在心疼地撫著他肩膀的伊迪絲和滿臉擔憂的南森。

他的眼神失去平日的機警。

「我又……失去了家人。」

他喃喃自語。

（一九九四年十二月，特殊部門總部，內華達）

我不知道自己在做什麼。詹姆士茫然瞪視遠方的人形靶紙，試圖消去所有情緒並扣下扳機。

沒有喜怒哀樂，沒有愛，也沒有恨，或許這就是成為探員的必經之路。失去一切，然後成為體制的殺戮機器。

是嗎？

他努力不去回想那些溫暖笑容。

「反正我不需要。」他看著靶心周圍的小洞喃喃自語。

「你不需要什麼？」南森．托倫斯走向他。

「當我沒說。」詹姆士放下手槍。

「有事情絆住你的思緒。」南森興味盎然地看著靶紙。「這不像你。」

「你能理解我的心情。」他扔下耳罩便往出口的方向走去。

「我當然知道，我是你的心理醫生。」

「不，你不是，總部裡沒有心理醫生。」

「但我不巧是個醫生，所以才被圖西那嘮叨老頭抓來關切你。」南森逕自對人形靶開了幾槍，暗自哀號槍法竟然越來越退步。「你不能永遠為他們服喪。」

「我正在試著忘記他們的死。」試著忘記他們。詹姆士痛苦地想著。

「那對你有任何幫助嗎？顯然沒有，因為就算事隔半年你依然連停機坪都走不出去。」南森苦笑道。

他沒有答腔。

回寢室後是另一場惡夢的開始。

「你看起來糟到不行。」吳皓潔，或是代號吳亨利的新進外勤部隊成員兼詹姆士惡名昭彰的新室友，正在愉快地打量他。

他依然沒有答腔。

「想繼續把我當空氣？」吳亨利轉而擋在他面前。

詹姆士瞪了白髮男孩一眼讓他露出更頑劣的笑容。

「你不可能永遠拒絕對我開口，隊長。」

詹姆士感到一陣寒意。

吳亨利跟他大眼瞪小眼一陣後便走出寢室，只剩他一人呆站原地。

原來已經半年了，我竟然沒意識到。他坐上床沿望著牆壁發楞。

自從六月那場屠殺後，特殊部門頓時損失不少人員，慘遭巨龍殺害的倒楣鬼直逼冷戰時期的悲劇總和，而外勤部隊也因此失去四位優秀探員，只剩海嘉和伊迪絲這兩個失業天使撐起繁重工作。造成那場屠殺的兩個罪魁禍首，年僅14歲的吳皓潔和他死於一九八九年的青梅竹馬林青嬌（代號林瑪莉，她並不喜歡龍女孩[Dragirl]這綽號只好作罷），他們在圖西的遊說下選擇加入特殊部門。

「吳亨利的態度如何？」圖西的聲音從話筒傳出。

「我無可奉告。」詹姆士不經意地用手指捲著電話線。

「他是你的同僚，你們必須溝通。」圖西毫無抑揚頓挫地提醒。「你能跟林瑪莉搭上話，為何連跟室友說聲早安都辦不到？」

「我辦不到，您還是開除我比較實際。」我沒資格成為隊長。他說不出那句話，他無法想像自己有資格接下娜塔莎的職位。

「你知道自己離開這裡會遭遇何種命運，詹姆士。」圖西聽起來正在微笑。「你永遠都是罪犯，特殊部門讓優秀罪犯免於在牢房裡腐爛的命運，你最好謹記這點然後心存感激。」

「我寧願……」

「你寧願進監獄也不願跟殺死阿拉夫的兇手合作？」

「我希望他消失……希望他死。」他握緊拳頭直到血液滲進指甲縫。

「然後呢？你就能為死去的師父報仇？」

「我不知道還能為他們做什麼！」他想哭，然而淚水早在數個月前就乾涸於死去探員們的棺木前。他們甚至沒能以星條旗覆蓋棺木，因為獻身此處之際即代表此人已從世上消失，在肉體仍苟活時早已行走於死蔭的幽谷。消失之人從此不再是任何國家的英雄，即使為其捐軀亦然。

「林瑪莉的改造已接近完成，之後就連你這種沒通靈能力的人也能輕易看見她，你們會一起接受訓練。」話筒傳出紙張摩擦聲。「你們是特殊部門的未來。」

「如果這是您的命令，我也只能接受。」但別期望我把他們視為一份子。詹姆士聽見門把傳來轉動聲，幾秒後探出一顆銀白色腦袋和一雙鳳眼。

「別總想著自己能為阿拉夫他們做什麼，想想自己該如何繼續活下去才不至於讓他們平白犧牲。」圖西重重嘆了口氣。「他們愛你，詹姆士，他們不會希望你永遠活在哀悼之中。」

「……我知道。」他掛上電話。

吳亨利走了進來，狐疑地看著正在擦拭血跡的詹姆士。

「怎麼受傷了？」吳亨利對突然映入眼簾的鮮紅感到驚訝。

不關你的事。詹姆士差點讓這句話脫口而出。

「你剛才做了什麼？」吳亨利抓起他的手，隨即被快速拍開。

「別碰我！」詹姆士對他低吼。

「終於跟我說話了，還以為你當我有讀心術呢！」他笑了出來。

「不關你的事！別靠近我！」詹姆士面露嫌惡地走出寢室。「殺人犯！」

「我必須保護自己。」吳亨利的表情沒有絲毫改變。

「你跟你那小女友殺了他們！」

「你不知道我們是怎麼活過來的，隊長。」

「你也不知道他們對我有多重要，吳亨利。」

「如果你能叫我本名我會很高興，聽說你會講中……」

「記不起來。」他用力把門甩上。

「戇鳩。[37]」吳亨利翻了個白眼。

詹姆士瞄了手錶一眼便繼續打字，然而空氣中瀰漫的檀香味讓他無法專心在電腦螢幕上。他繼承了阿拉夫的辦公室，這地方順理成章成為遠離現實的避風港。阿拉夫過去在裡頭燃燒的線香氣味彷彿具有形體般佔據他的思緒，彷彿恩師正在辦公室裡愉快地指導他。

*他已經死了，你還在期待什麼？*詹姆士眨了眨眼，膠框眼鏡從鼻樑滑下，隨即被細長手指推回原位。他就這樣不斷處理公文直到雙眼發痠，回神後才發現時間已過午夜。飢餓感頓時成為活著的證據，他下意識地吞了口口水試圖壓下來自胃部的翻攪。

「隊長？」吳亨利的聲音從門外傳來。

「我……」他連忙閉上嘴。

「還沒吃飯對吧？」吳亨利推開門扔給他一個鋁罐。「南森要我拿給你的。」

他坐回辦公椅把鋁罐打開，喝了幾口便繼續和公文奮戰，一邊想著等他從創傷恢復後或許就能踏出這地方正式執行任務，他真的很感謝海嘉和伊迪絲竟然願意為這名不符實的隊長繼續幹活。

「好吧，也許那小子其實人不壞，但我一輩子都無法原諒他……」他看著鋁罐上的印花喃喃自語，下一秒就被金屬撞擊地面的聲音狠嚇一跳。他吃驚地看著不聽使喚的手指和躺在地上的鋁

37 廣東話，罵人愚蠢之意。

罐，視線開始模糊不清。

一聲悶響後，他才知道辦公室地板原來如此冰冷。

吳亨利在床邊來回踱步，開始擔心安眠藥是否下得太重，或者只是因為阿宅最近嚴重睡眠不足才會昏睡這麼久。

牆上新裝設的監視器只剩幾團冒煙的電線，他確信保全這時一定正在廚房吃宵夜，但還是保險要緊。這個脫軌行為將可能為他，甚至加上林瑪莉，帶來相當糟糕的後果。

我竟然成為青梅竹馬的負擔，真可悲。這件事讓吳亨利快要笑不出來。

「噢……」詹姆士呻吟著睜眼。「怎麼回事？」他試圖移動被綁在床框上的四肢卻徒勞無功。

吳亨利露出笑容，刻意轉弱的燈光讓他看起來像在獰笑。

詹姆士聽見電擊棒開啟的聲音。

「哈囉，隊長。」吳亨利走向他。

「你他媽在搞什麼鬼？」

「你需要休息，你這幾天都沒睡對吧？我看得出來。」吳亨利坐上床沿說道。「但這不打緊，不是重點。」

「你想要什麼？」

「你知道我的來歷。」

「我看過偵訊檔案！」一九七九年出生於舊金山，中菜館雷峰塔老闆吳喬治的小兒子，在一九八九年目睹玩伴林青嬌被激進種族主義者姦殺的棄屍現場後便離家失去音訊，顯然亨利在流浪期間與瑪莉的鬼魂重逢並一起計畫復仇。那份檔案並沒提供太多資訊，只有密密麻麻的死亡名單，然而已明示這兩個孩子到四處虐殺種族主義人渣的原因為何。

失去所有，身不由己。特殊部門彷彿以收集這種可憐人為樂。

「但我對你一無所知啊，其他人都拒絕告訴我，有夠小氣。」吳亨利瞥了電擊棒一眼。「不過海嘉那個老妖婆還真不該把武器忘在餐桌上。」滋滋聲再度從鐵灰色儀器前端爆出。

詹姆士吞了口口水。

「你想要什麼？」他又問了一次。

「你到底是誰？」吳亨利無視他驚訝的表情，電擊棒距離他的脖子只有幾吋之遙。

「這什麼鬼問題？你知道不是嗎？」詹姆士害怕地盯著不斷接近的電擊棒。

「答非所問。」

劈啪聲和詹姆士淒厲的尖叫充滿整間寢室。

「你必須回答我的問題，隊長，而不是用問題來回答我。」吳亨利笑得像個瘋子一樣。

「我……噢……我不會告訴……」

「哇喔，沒想到你喜歡間諜遊戲。」白髮男孩再次把電擊棒靠近他。

「該死！幹——」

「你到底是誰？」

他希望自己能直接昏過去，但又恐懼於再次失去意識後會遭到何種對待而死命逼迫自己一定得醒著。

「詹姆士‧金……羅爾……」

他萬般沒想到會不小心說出那個姓氏。

他早該忘了不是嗎？

「羅爾？我沒聽總部裡有人這樣叫你，所以你其實姓羅爾？」吳亨利像是拿到新玩具的小孩般興奮到不行。

「噢該死……」他低聲咒罵。

「我就知道，這地方果然都用假名和蠢到不行的代號！」吳亨利不屑地說。

「不……那都是真的……」

「什麼意思？」

「那是我親生父母的姓氏。」詹姆士無法理解圖西他們為何連這種小事也不願向吳亨利透漏。

小事？也許吧。

「喔？他們死了？」

「……是的。」

吳亨利的神情突然閃過一絲猶豫。

「這就是你來到這兒的原因？未免太容易了吧。」他似乎想起自己正在做什麼，於是又把電擊棒抵在詹姆士的下巴上。

「沒必要告訴你。」

「你會後悔這麼說的，隊長。」他按下開關。

詹姆士再度感受劇痛傳遍全身。

「我不懂你這樣做的意義在哪！」他歇斯底里地對吳亨利大吼。「我不相信你只想知道這些！你到底想從中獲得什麼？如果你覺得我是害你們被捕的元兇就恨我吧！我知道那個小女鬼是為了你才選擇加入這裡！你想要什麼？就這麼痛恨我嗎？想殺死我嗎？」

「我並不恨你。」吳亨利突然開口。

「什麼？」

「你要我怎麼恨你？」吳亨利的聲音聽起來有點受傷。「要恨我的人是你……不是嗎？」

「……我？」

「我只想為生命中無可取代的人取回正義。」吳亨利悄聲說。

「你奪走我視為至親的人，亨利。」

「我知道，當你擊倒我時像是失去全世界而不顧一切地哭喊。我從來……沒資格恨你，但我仍然必須知道自己效命的人有著什麼樣的真面目。」

「你會為我效命？」詹姆士差點笑出來。

「我沒別的方法贖罪，爛命一條就交給你了，想殺了我也沒差。」吳亨利放下電擊棒。「我永遠是個罪犯，只因為選擇血債血償，但我依然相信自己在做對的事情。」

「我不想跟你比較誰最倒楣，但我真的已經一無所有。」詹姆士緩緩說道。「你奪走他……

我再也沒有家人……」

「嘖！你要是看過圖西他們向我吹噓你的事蹟時那副嘴臉一定會雞皮疙瘩掉滿地。你並沒一無所有！」

「說起來你這逃家少年也沒好到哪去。」

「不是有人不想比賽誰最倒楣嗎？」吳亨利邊嘆氣邊把他身上的束縛解開，然而卻隨即爆出慘叫，鮮血從鼻孔流出。「你他媽踢我？」

詹姆士俐落閃過向他撲來的白髮男孩後便狼狽地衝出寢室，他跌跌撞撞地在冰冷走道上狂奔，直到差點撞上海嘉和伊迪絲才猛然停下腳步。

「喔天啊！你出了什麼事情？」伊迪絲指著他尖叫。

「那些血跡是怎麼回事？」海嘉警覺地看著他，詹姆士這才發現亨利的鼻血滴了不少在他的褲子上。

「哎呀是你們，我才正想找你們說。」睡眼惺忪的保全剛好走了過來。「金先生和吳先生寢室的監視器剛才似乎壞……」

吳亨利已經出現在走廊上，摀住鼻子死瞪著他們。

「快去修理監視器。」海嘉白了那個保員一眼。「這是怎麼回事?請你們說明。」她轉頭掃視詹姆士和亨利。

「我們剛才在打架然後不小心把監視器弄壞了。」詹姆士努力挺直身體，這發言讓吳亨利驚訝地瞪著他。

「原因？」海嘉露出不信任的神情。

「我試圖激怒他。」詹姆士面無表情地解釋。

「我知道你對圖西的安排感到不滿，但這是那兩個小鬼贖罪的唯一辦法。」

「代我向吳亨利道歉。」他轉身朝盥洗室走去。

伊迪絲也同樣不信任地望著詹姆士的背影，接著轉而瞪視正在為自己止血的吳亨利。

「那小子病倒了。」南森對詹姆士愉快說道。

「他不是只有鼻樑斷掉嗎？」詹姆士焦慮地掐著電話線。

「你知道我之前處理一批偽裝成流感病毒然後效果奇爛的業餘生化武器。」

「南森……」

「然後手滑了一下。」

「南森……」

「那小鬼想傷害你對吧？你那天對海嘉她們撒了謊，我才不相信你會試圖激怒別人。」

「我沒有說謊。」他咬緊下唇。

「真是的，我以為這消息會讓你高興點。那小子死不了就是了，他現在只能躺在床上蠕動，想揍幾拳就過來吧。」

「……謝謝。」他掛上電話。

吳亨利瞇起眼適應突然轉強的燈光，眼鏡反光讓他立即理解南森剛才說的訪客到底是誰。

「很難看對吧？」他笑了出來。

「竟然還有心情笑。」詹姆士無奈地坐上病床旁的小板凳。

「能跟你聊天我當然笑得出來。」

「我只是來探望同僚而已。」詹姆士拿起他額頭上的溼毛巾。「那是我該做的事情。」

「真是感謝你啊，隊長。」

「關於上次你說要把命交到我手上那件事……我不能接受。」詹姆士把毛巾塞進臉盆中搓洗。

「因為我這種人死不足惜？」

「不。」他把毛巾擺回亨利額頭上。

「那又是為什麼？」

「無論如何都要想辦法活著。」詹姆士想起阿拉夫在飛機上說的話，難不成他早就預知自己的死亡？「那些探員都和你一樣，他們相信自己在做對的事情，因此才痛下殺手。好好活著，吳亨利，這是……我對你的復仇，別隨便就死了。」

「……謝謝你。」

南森悠閒地坐在醫務室裡翻閱信件，一邊監聽病房裡那兩個年輕人的談話並試圖壓下嘲諷他們慾望，直到牆角的包裹吸引他的注意力。

「奇怪？這何時出現的？」他小心地接近那盒包裹。

血腥味。

南森連忙退後好幾步。

「海嘉！海嘉！妳們最近有來過我這兒嗎？」他緊張地抓起話筒。

「沒，怎麼了？」海嘉的聲音傳了出來。

「醫務室裡出現奇怪的包裹！」

把那兩個滿臉疑惑的年輕人和其他病號趕出醫務室後，南森、海嘉與伊迪絲，加上剛結束改造工程的林瑪莉，三人一鬼看著包裹裡的東西直皺眉頭。

一隻死兔子。

「咬痕。」林瑪莉拎起兔屍。「看起來……像人類的咬痕。」

「妳還發現什麼？」伊迪絲問道。

「腹部被切開然後草率地縫上……」她撕開縫線，從兔屍體內掉出的東西讓他們全都驚訝地瞪大眼。

「……紙條？」南森不敢置信地看著那張暗紅色的長方形物體。

惡水盆地，我們正在等待

「我認得這字跡。」海嘉瞇起眼，似乎發現了什麼。

（惡水盆地，死亡谷，加州）

吉普車在著名的鹽灘停下，兩位探員踏出車門等待紙條的主人現身。

「我知道你們在這裡。」海嘉謹慎地環視四周。「加藤龍介，還有泰瑞・柯林斯。」鹽灘上突然吹起一陣冷風，鹽粒在空氣中翻滾著逐漸飄向她們。

龍介的臉出現在風中。

「是泰瑞堅持要用兔子的，紙箱是我在南森桌下找到的。」龍介的鬼魂對她們聳肩。

「那你們有碰上娜塔莎和阿拉夫的鬼魂嗎？」伊迪絲對他身旁的泰瑞扮了個鬼臉。

「有，他們決定一起離開這裡。」

「離開人世？」海嘉覺得這說法有些好笑，他們的確是死了沒錯。

「前往靈界，鬼神的居所，超自然世界，各種宗教的天堂與地獄。」龍介用手指比劃著。

「阿拉夫要我轉告妳們，那孩子需要成長，他太容易依賴視為至親的對象。雖然這很殘忍，但阿拉夫不認為繼續跟在詹姆士身邊會有正面幫助。」

「沒關係，他依然能以另一種形式跟在詹姆士身邊，我們為那孩子準備了小禮物，他最近或許有機會從平凡人蛻變，假使手術成功。」

「我記得阿拉夫說過若是他比詹姆士早死要把眼角膜留給他。」泰瑞飄了過來。「你們真決定這麼做？」

「是的，但只有一邊，另一邊被刺蝟頭小鬼打爆了。」海嘉聳了聳肩。「那你們呢？」

「我們拿到這個，幾天前莫名其妙憑空冒出來的。」泰瑞從口袋裡掏出一張燙金褐色紙卡。

「這……這是這是亡者驛站的邀請函？」伊迪絲吃驚地指著紙卡。

「那個三不管地帶願意收留我們的靈魂。」龍介也掏出他的紙卡。

「那地方充滿法外之徒。」海嘉語帶警戒地提醒他們。「充斥超自然世界的頭號通緝犯和各種未知生物，就連天使和惡魔都甚少踏入，你們在那鬼地方真能撐得了幾天？」

「也只能試試，畢竟我們永遠都是法外之徒。」他苦笑道。「我們一直都是這樣活著，特殊部門從沒改變我們。」

「那就只能祝你們好運了。」海嘉輕拍他半透明的肩膀。

「感謝妳們，願有天能再見面。」龍介摟著泰瑞逐漸消失在空氣中。

海嘉不安地看著月光下的鹽沼，伊迪絲牽起她的手輕撫。

「我們的世代結束了。」伊迪絲對她耳語。

「外勤部隊會繼續活著。」海嘉走向吉普車。「況且我們這輩子是不用退休了，不用付退休金圖西一定很高興。」

「除非天堂把我們……」

「放棄那想法吧，伊迪絲，我們早就被那地方拋棄了。」

「也是。」伊迪絲吹了聲口哨。「特殊部門總是充滿被拋棄的孩子。」

「被拋棄、被背叛、失去所有、身不由己。」海嘉發動引擎時莞爾一笑。「但我們仍然活著，以仇恨為燃料活著。凡夫俗子無法承受這種力量，我們能用這力量保護他們免於相同的命運。」

「聽起來像我們總在替人做骯髒事一樣。」

「那正是我們的工作。」

詹姆士・金仍然不太適應金屬眼罩的冰冷觸感，抓了抓幾下眼罩周圍發癢的皮膚然後走進射擊場。吳亨利和林瑪莉正在對靶紙努力開槍，他們認真的樣子讓他想起第一次踏進這裡時的青澀，那時阿拉夫牽著他的手向他介紹那些器械該如何操作。

我竟然不再害怕想起他。詹姆士感到鼻酸，但那股感傷隨即被吳亨利的咒罵打斷。

「打不中靶心？你殺死阿拉夫和娜塔莎時明明是一槍斃命啊。」他瞄了快要變成蜂窩的人形靶一眼。

「我不想回答你的問題。」吳亨利惱怒地瞪著滿地彈殼。

「當你扣下扳機時是抱著什麼樣的心情？」他看了看林瑪莉的靶，發現這個能變成龍的小女鬼似乎挺有天分。

「什麼意思？」

「是憤怒？仇恨？悲傷？還是快樂？」他拾起吳亨利的槍，感覺自己簡直跟阿拉夫越來越像，希望這不是接收他的眼角膜帶來的後遺症。手術後他經常發現總部附近的沙漠中有半透明人影晃動，也許這就是通靈者眼中看見的世界吧。

但他從未看過阿拉夫和其他探員的鬼魂，這讓他感到難過。

「大概……都是負面情緒吧。」吳亨利不解地搔著頭髮。

「忘記它們，情緒不會讓你成為更好的射手。」他扣下扳機然後露出微笑。

「愛現。」吳亨利吐吐舌頭。

「人家阿宅正在教你耶。」林瑪莉戳了他臉頰一下。

「好啦好啦我知道。」吳亨利不甘情願地答腔。

離開射擊場後，詹姆士在實驗室附近閒晃一陣，當他準備走回辦公室時看見幾個技術人員正把一台蓋著白布的推車推進實驗室大門。

「那是什麼？」他好奇地看著被白布覆蓋的巨大三角形物體。

「加藤先生的翅膀。」其中一人回應道。「得分析成份……這東西硬的像鋼鐵說不定能好好利用。」

「噢。」他轉身走開。

「我很抱歉，金先生，剛才這樣說是不是冒犯到你了？」

「沒，請仔細研究那對翅膀，別浪費寶貴機會。」

他記得圖西曾提過更新制服的事情，那對翅膀或許能提供一些幫助。

或許死去的探員仍以某種形式活在他們的記憶中。

END

釀奇幻36　PG2286

地獄鼠俱樂部

作　　者	金絲眼鏡
責任編輯	喬齊安
圖文排版	林宛榆
封面設計	楊廣榕

出版策劃	釀出版
製作發行	秀威資訊科技股份有限公司 114 台北市內湖區瑞光路76巷65號1樓 電話：+886-2-2796-3638　傳真：+886-2-2796-1377 服務信箱：service@showwe.com.tw http://www.showwe.com.tw
郵政劃撥	19563868　戶名：秀威資訊科技股份有限公司
展售門市	國家書店【松江門市】 104 台北市中山區松江路209號1樓 電話：+886-2-2518-0207　傳真：+886-2-2518-0778
網路訂購	秀威網路書店：https://store.showwe.tw 國家網路書店：https://www.govbooks.com.tw
法律顧問	毛國樑　律師
總 經 銷	聯合發行股份有限公司 231新北市新店區寶橋路235巷6弄6號4F 電話：+886-2-2917-8022　傳真：+886-2-2915-6275

出版日期	2019年7月　BOD一版
定　　價	330元

Printed in Taiwan

國家圖書館出版品預行編目

地獄鼠俱樂部 / 金絲眼鏡著. -- 一版. -- 臺北
市 : 釀出版, 2019.07
面 ;　公分. -- (釀奇幻 ; 36)
BOD版
ISBN 978-986-445-344-3(平裝)

863.57　　108010376

讀者回函卡

感謝您購買本書，為提升服務品質，請填妥以下資料，將讀者回函卡直接寄回或傳真本公司，收到您的寶貴意見後，我們會收藏記錄及檢討，謝謝！如您需要了解本公司最新出版書目、購書優惠或企劃活動，歡迎您上網查詢或下載相關資料：http:// www.showwe.com.tw

您購買的書名：________________________________

出生日期：________年________月________日

學歷：□高中（含）以下　□大專　□研究所（含）以上

職業：□製造業　□金融業　□資訊業　□軍警　□傳播業　□自由業

　　　□服務業　□公務員　□教職　□學生　□家管　□其它______

購書地點：□網路書店　□實體書店　□書展　□郵購　□贈閱　□其他

您從何得知本書的消息？

□網路書店　□實體書店　□網路搜尋　□電子報　□書訊　□雜誌

□傳播媒體　□親友推薦　□網站推薦　□部落格　□其他__________

您對本書的評價：（請填代號　1.非常滿意　2.滿意　3.尚可　4.再改進）

封面設計____　版面編排____　內容____　文／譯筆____　價格____

讀完書後您覺得：

□很有收穫　□有收穫　□收穫不多　□沒收穫

對我們的建議：________________________________

____

____

____

請貼
郵票

11466
台北市內湖區瑞光路 76 巷 65 號 1 樓
秀威資訊科技股份有限公司 收
BOD 數位出版事業部

（請沿線對折寄回，謝謝！）

姓　　名：＿＿＿＿＿＿＿＿　年齡：＿＿＿＿　性別：□女　□男

郵遞區號：□□□□□

地　　址：＿＿＿＿＿＿＿＿＿＿＿＿＿＿＿＿＿＿

聯絡電話：(日)＿＿＿＿＿＿＿＿ (夜)＿＿＿＿＿＿＿＿

E-mail：＿＿＿＿＿＿＿＿＿＿＿＿＿＿＿＿＿＿